바람 목소리

1948년,
제주 4·3의 광풍에 휘말린 쌍둥이 자매의 오사카 타향살이
오사카 한인촌, 이카이노(猪飼野)에 스미는 설아와 동아의 망향가!

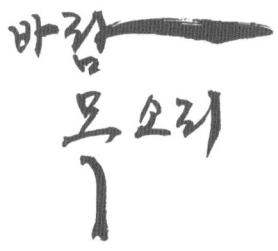

김창생 지음 / **서원오** 옮김

바람에 부치는 말

김창생(金蒼生)

   제주도에서 살고 있는 고양이 바보인 내게, 일본 오사카에서 사는 딸이 해마다 '고양이 달력'을 보내온다. 정확히 말하자면 매일 한 장씩 넘기는 것이므로 달력이 아니라 일력인데, 달이 표시되지 않은 31장으로 되어 있어서 버리지만 않는다면 몇 년이든 쓸 수 있다. 보통은 달력을 보고 오늘이 며칠인지를 파악하지만, 이것은 제날짜에 맞춰서 넘겨 놓아야 하는데, 그때마다 하루의 소중함을 한 번 더 일깨울 수 있어서 좋다.

   서른하나의 각 장마다 적힌 위인이나 현자의 명언에 어울리는 포즈를 취한 31마리의 고양이들. 『바람 목소리』를 집필하고 있을 때는 줄곧 '10일' 날짜에 머물러 있었는데, 이 날에 적힌 명언은 「연하거나 약한 것은 단단하거나 강한 것을 이긴다」는 노자의 말이었다.

   연하고 약했던 나의 부모님은 일제식민지 치하의 제주도에서는 살 수가 없어서 일자리를 찾아 이 책에도 등장하는 기미가요호에 승선하여 오사카에 발을 디뎠다. 가난한 집에 애만 들끓는다더니 내가 바로 그 집의 열한 번째 막내다. 어머니는 그 빈곤의 와중에 어린 자식 넷을 잃었다. 부모님은 내가 말귀를 알아들을 무렵부터 줄곧 폐품 수집을 업으로 생계를 꾸리셨다.

 일본식 이름으로 일본의 초·중학교에 다니던 나는 집이 가난한 이유가 부모님의 무능에 기인한 것이라고 여기고 있었다. 절대로 어머니처럼 살지는 않으리라던 것이 사춘기 때의 내 인생의 목표였다. 교실에서, 그리고 동네에서 일상의 다반사처럼 맞닥뜨리는 조선인에 대한 멸시는 여린 마음을 찌르고 들어와 아프게 박혀버린 무수한 가시가 되었다. 그러다가 오사카조선고급학교로 편입을 하고 나서야 비로소 조국의 언어와 역사를 배웠다. 가난은 부끄러운 것이 아니라는 것도 알았다. 부모님이야말로 가혹했던 조선의 근대사를 몸소 부딪쳐 살아낸 존재라는 사실을 깨닫게 되었다.

 연하고 약했던 제주도 사람들은 국가권력에 의한 학살에도 삶의 끈을 놓지 않고 버텨냈다. 연약한 살갗을 관통하는 총탄을 피하기 위해 산야를 방황하다가 동굴에 숨거나 혹은 작은 밀항선으로 현해탄을 건너 간신히 목숨을 부지하여 일본 땅을 밟았다. 단단하고 강한 것들은 폭풍우가 지난 후에 살그머니 가느다란 줄기를 일으키는 잡초를 주목하지는 않았으리라.
이 『바람 목소리』는 말도 통하지 않는 타국 땅 일본에서 살아남기 위해 힘든 싸움을 계속했던 재일동포 1세대와, 우는 것조차도 허용되지 않았던 나날을 한결같이 살아낸 제주도민들 곁으로 조금이나마 다가가고 싶은 마음에서 쓴 소설이다.

이 책의 출간에는 부산의 NGO「조선학교와 함께하는 시민모임 '봄'」이 코로나가 횡행하는 어려운 상황 속에서도 뜻을 같이하는 분들을 모아 산파역을 해 주셨습니다. 그리고 자진하여 번역을 맡은 부산의 연극인 서원오 씨와 그의 은사 안영철 교수가 감수의 수고를 마다하지 않았습니다. 이 두 분이 아니었다면 바람에 실린 나의 목소리는 전하고 싶은 분들에게 닿지도 못한 채 사라져버리고 말았을지도 모릅니다. 이 모든 것들이 저에게는 더없이 큰 기쁨입니다. 조선인에 대한 차별을 겪으며 굳어버렸던 어린 제 몸이 포근하고 따뜻한 팔에 안겨 위로를 받는 듯한 느낌입니다. 이 지면을 빌어 깊고도 깊은 감사의 마음을 전해 올립니다.

　　　　　　　2021년, 제주도 이주 11주년을 맞이한 늦가을에

차 례

1장. 바람, 일렁이다 · 9
2장. 바람에게 묻다 · 58
3장. 바람에 새기다 · 79
4장. 바람에 흩날리다 · 123
5장. 바람에 지다 · 173
6장. 바람, 빛나다 · 203

1장

바람, 일렁이다

거센 바람이 사방에서 들이닥쳐 마을에서 가장 오래된 집을 물어뜯고 있었다. 돌로 쌓은 틈새를 진흙으로 틀어막고 그 위에 합판을 덧대 만든 방으로 바람이 비집고 들어와 이불을 코끝까지 끌어당기고 잠들어 있는 설아(雪芽)의 머리카락을 흩트려놓았다. 이불 속으로 파고들어가 있어도 넘실대듯 휘몰아치는 바람 소리에 몇 번이고 몸을 뒤척이던 설아는 이불에서 얼굴을 내밀고 깊은 숨을 내쉬어보았다. 입김이 하얗다. 침대에서 내려와 스위치를 눌러 불을 밝히고 전기난로를 켰다. 집 전체가 삐걱거리고 있었다. 바깥 상황이 궁금해 창문을 여는 순간, 눈보라가 설아의 얼굴을 때렸다.

바람만 없었다면 하루를 마무리할 이때쯤에는 작은 마당에 나가 달이 떴으면 달님에게 두 손을 모으고, 흐린 날에는 앞바다에 떠 있는 고기잡이배들의 무사 귀항을 빌면서 마음을 전하는 일이 60년 만에 고향인 제주도로 돌아온 이래로 가지게 된 설아의 습관이었다. 나무들의 향기를 머금은 밤공기를 가슴 깊이 들이마시고 별 탈 없이 하루를 보낼 수 있었던 것에 대한 감사의 마음으로 잠자리에 드는 것도 설아에게는 습관이 되어 있었다.

마당에 나가기를 포기하고 다시 이불 속으로 파고들어가 미쳐 날뛰듯 휘몰아치는 바람소리를 들으며 설아는 생각했다. 저건 그냥 바람소리가 아니야! 저건 사람의 목소리, 울부짖는 사람들의 비명소리야! 그 속에는 내 것도 섞여 있어. 그리고 동아(冬芽)의 외침도!

 커튼 사이로 부드러운 햇살이 쏟아져 들어왔다. 간밤에 불던 바람이 거짓말처럼 잦아들고 감귤밭 위로는 푸르게 갠 하늘이 펼쳐져 있었다. 마당의 움푹 팬 곳 여기저기에 바람이 몰아다 놓은 낙엽이랑 잔가지들이 모여 있었다. 설아는 그것들을 빗자루로 쓸어 모아 방풍림 밑동에 뿌리고는 발로 밟아 다지고 방풍림을 올려다보았다. 각각의 감귤밭을 구분해 놓은 것처럼 심어진 소나무들은 푸른 하늘을 향해 끝없이 뻗어나가는 것 같았다. 설아의 머릿속에 어린 시절 올려다보았던 팽나무의 잔영이 떠올랐다. 설아는 집으로 들어가 두터운 윗옷을 걸치고 모자를 쓴 다음 집을 나섰다.

 완만한 산길을 내려오며 새삼스럽게 주위를 둘러보았다. 60년 전의 풍경을 떠올려보고 싶었지만, 옛날에는 없었던 감귤밭이 펼쳐져 있고 초가집이 있던 언저리에는 멀끔한 주택이 들어서 있었다. 비가 내리면 고무신으로 물이 스며들던 돌멩이투성이의 거친 길도 포장도로로 바뀌어 있었다. 산길을 가던 설아는 문득 걸음을 멈추고 넋이라도 놓은 듯 그 자리에 섰다.

 눈 아래쪽의 바다를 향해 거침없는 종종걸음으로 갈 길을 서두르는 어머니의 등이 보이는 것 같았기 때문이다. 어머니의 뒷모습을 좇아가기라도 하듯 설아는 걸음을 재촉했다. 이윽고 길은 두 갈래로 나뉘었다. 오른쪽은 급한 내리막길이었고 그 앞쪽으로는 잡목림이 펼쳐져 있었다. 작은 다리를 건넜던 듯한 기억이 되살아났다. 설아는 왼쪽 길로 접어들었다. 옛날의 기억을 되살리려 애를 써봤지만, 예전의 고향은 그 어디에도 없었다. 단지 어젯밤 사납게 불어대던 바람소리만이 '아아, 고향에 돌아왔구나!' 하는 실감을 설아에게 안겨 주었다. 마침내 큰 다리에 이르렀다. 비가 오지 않는 한은 언제나 바닥을 드러내고 있는 마른하천이다. 빗물은 이 하천을 따라 바다로 나아간다. 다리 난간 아래로 바닥을 내려다보았다. 거대한 바위들이 하천 바닥에 빼곡히 들어차 있었다. 길섶에서 미끄러지듯 아래로 내려가 말라붙은 하천 바닥의 바위틈에서 숨바꼭질을 했던……

숨바꼭질 상대는 동아였다! 동아는 하천 바닥에 발이 미끄러져 헛디디는 바람에 바위 모서리에 이마를 찧었다. 동아의 이마에 흐르는 피를 본 설아는 동아가 죽을까 봐 겁이 나서 떨려오는 몸을 진정시킬 수가 없었다. 동아는 하천 근처를 지나던 마을 사람에게 업혀 집으로 갔다. 어머니는 피로 얼룩진 동아의 얼굴을 무명천으로 닦으며 몇 번이고 깊은 안도의 한숨을 내쉬었다. 상처는 얕았고 머리칼이 나는 경계 부근이었다. 동아가 잠든 후 설아는 엄마에게 대빗자루의 손잡이 쪽으로 등짝을 몇 번이나 두들겨 맞았다. 동아가 무사했다는 사실에서 오는 안도감과 왠지 모를 억울함과 피부로 전해지는 아픔, 이 모든 것들이 얽히고설켜서 내내 울다가 한밤중에 열이 끓었던 것을 떠올렸다.

하천 바로 옆에는 작은 가게가 있었다. 버스 정류장 가까이에 있어서 타고 내리는 승객들을 상대로 담배나 음료수 따위를 파는 조그마한 가게였다. 캔커피와 초코파이를 샀다. 이 지역 초등학교가 근처에 있기 때문에 상자에 들어있던 초코파이는 아이들의 코 묻은 돈으로도 살 수 있도록 상자에서 꺼내 놓아 낱개로도 살 수 있었다. 설아는 생각난 참에 목장갑도 샀다. 그리고 그것들을 사는 김에 아름드리 팽나무가 있는 곳을 물어보았다.

"어? 당신 닙폰상?"

'닙폰상'이라는 말은 일본인이라는 의미일 것이다. 60년 가까이 일본에서 살았던 설아의 한국어는 뜻은 통해도 더듬더듬 이어가는 수준으로 들리나보다.

순간 설아의 입에서 거짓말이 나왔다. 60년 만에 고향에 돌아왔다고 말할 수는 없었다. 하물며 4·3의 광풍을 피하기 위해 어린 시절 일본으로 밀항했었다고는 더더욱 말할 수 없었다.

"일본인이 아니라 재일교포입니다."

"아아, 그랬구먼. 그런데 서낭나무는 왜……?"

설아는 그럴싸한 이유를 댄 끝에 아름드리 팽나무가 있는 곳에 대해서 들을 수가 있었다.

"이 앞쪽으로 계속해서 한참을 걸어가야 해. '아직 멀었나? 아직도 멀었나?' 하는 생각이 들 때쯤에 왼쪽을 봐봐. 서낭나무가 보일 테니까."

노인은 아이들을 상대로 장사를 하고 있어서 그런지 인자하게 타이르는 듯한 말투로 설명을 했다. 설아는 인사를 드리고 노인이 일러준 대로 길을 짚어나갔다. '이 길을 걸은 적이 있었어! 그래, 맞아! 동아와 함께였어!'

엄마를 사이에 두고 설아와 동아가 잠들어 있다. 엄마는 양 옆에서 걸쳐지는 두 아이의 손을 매정하게 제쳐놓는가 하면 부드럽게 감싸듯 쓰다듬어 주기도 했다.

"동아야, 어무니('어머니'의 제주말)가 없어!"

"통시('뒷간'의 제주말)에 갔겠지. 아, 왜 깨우는 거야?! 좋은 꿈을 꾸고 있었는데."

동아는 등을 돌리더니 다시 자기 시작했다. 설아는 알고 있는 꽃 이름을 차례차례 떠올려보았다. 장미, 진달래, 개나리, 도라지……. 다음에는 동물 이름을 헤아리기 시작했다. 돼지, 소, 오리, 개, 고양이, 염소……. 그 다음에는 나무 이름을 대기 시작했다. 삼나무, 팽나무, 소나무……. 이제 더 이상 떠오르는 게 없었다.

설아가 더는 견디지 못하고 다시 동아를 깨웠다.

"동아야, 어무니가 오질 않아. 일어나 봐. 동아야!"

"아이, 참! 온다니까. 벌써 요 앞까지 왔다고!"

"요 앞이라니! 거기가 어딘데? 찾으러 가자 동아야. 부탁이니까 같이 찾으러 가자!"

 설아의 기세에 눌려 동아는 마지못해 몸을 일으켰다. 둘은 엄마를 찾아 집을 나섰다. 이제 막 날이 밝아오던 참이라 아직 주위는 어슴푸레한 상태였다. 그런데 막상 찾으러 나서기는 했지만 어디로 가야 할지 알 수가 없었다. 오른쪽은 산 쪽으로 가는 길인데 나무들이 바스락거리며 흔들리는 통에 마치 괴물이 숨어서 기다리고 있을 것만 같았다. 둘은 산길을 뒤로 하고 손을 꼭 잡은 채 마른하천 쪽을 향해 뛰어서 다리를 건넜다. 그리고 그 앞으로 이어지는 길을 계속 달리다가 숨이 턱 밑까지 차올라 그만 땅바닥에 주저앉고 말았다.

"이 길이 맞는 건가?"

"그럼 설아 넌 산으로 가서 찾아보는 게 어때? 도깨비가 우글우글!"

"동아 넌 너무 드세서 탈이라고 아부지('아버지'의 제주말)가 그랬거든?!"

"흥! 넌 기가 너무 약해서 탈이라고 어무니가 그랬거든?!"

 설아는 눈물을 참고 걷기 시작했다. 쌍둥이 언니인 동아를 할퀴어주고 싶었지만, 힘으로도 말로도 당해낼 수는 없었다. 그때, 저만치서 걸음을 재촉하는 엄마의 뒷모습이 보였다.

"동아야, 어무니다. 어무니!"

동아는 "쉿!" 하며 손가락을 입술로 가져갔다.

"깜짝 놀래켜 드리자."

두 아이는 소리가 나지 않도록 살금살금 엄마 뒤를 따라갔다.

"우와! 엄청나게 큰 나무네!"

설아와 동아는 둘이서 커다란 팽나무를 올려다보았다. 동이 트면서 희뿌옇게 드러나는 하늘을 전부 덮어 가릴 것만 같은 큰 나무였다. 거기에는 아직도 밤이 머물고 있는 것 같았다. 엄마는 팽나무 둥치 아래로 다가가 허리를 굽히며 손을 모았다. 양손을 둥글게 비벼가며 정성을 다해 빌고 있었다. 설아와 동아는 그 분위기에 눌려 아무 소리도 내지 못하고 그저 지켜만 보고 있었다.

"일로 와라! 거기 있는 거 다 알고 있다."

두 아이는 엄마의 말에 신바람이 난 듯 그 품으로 뛰어들었다.

"어무니! 어무니! 뭘 그렇게 빌고 있었던 거야?"

설아와 동아가 이구동성으로 물었다. 엄마는 입술에 손가락을 가져다 대며 "쉿!" 하고 제지를 했다.

"기도는 딴 사람한테 말하는 게 아니야. 자기 마음속에만 간직해 두는 거란다. 알겠니? 집에 돌아갈 때까지 말을 하면 안 돼. 우리 마을 서낭나무 신령님은 시끄러운 걸 싫어하시거든. 자, 따라오너라. 넘어지지 않게 조심하고…."

엄마는 뒤따르는 두 아이를 몇 번씩이나 돌아보면서 덤불 사이로 난 오솔길로 천천히 걸어갔다. 오솔길이 끝나는 지점에

흙을 다져 밟아 만들어진 턱이 있었다. 엄마는 그곳에 다다르자 두 아이의 손을 잡아서 아이들을 그 아래쪽으로 서게 했다.
"여름이 되면 다시 오자꾸나. 여기는 몸을 씻는 샘물이 있는 곳이야."
덤불로 뒤덮인 틈 사이로 물이 솟아나고 있었다.
"그리고 이건 마시는 물이야. 더러운 손을 담그면 안 돼. 서낭나무 신령님께 바칠 물이니까."
엄마는 손에 들고 있던 바가지에 넘칠 만큼 물을 담았다.
"자, 서낭나무 신령님께 바치러 가자."
팽나무의 우람한 둥치에서는 수없이 많은 가지가 벋어나 있었다. 그 나뭇잎의 끝자락을 보려고 고개를 돌려댔던 기억이 되살아났다.

설아의 눈앞에 서 있는 팽나무는 그 옛날의 팽나무가 아니었다. 굵다란 둥치의 한쪽에는 공동이 생겨 있었다. 부식을 막기 위한 약품이 발라져 있고, 쓰러지는 것을 막기 위해 철주를 받쳐 놓았다. 옆으로 길게 벋은 나뭇가지는 그 가까이에 있는 젊은 나무에 쇠줄로 연결되어 있었다. 이곳에 뿌리를 내리고 오백 년을 살아온 팽나무는 이제 만신창이가 되었지만, 반쯤은 시들어버린 가지의 한쪽에서 새 가지가 벋어나 무성한 잎을 반짝이고 있었다. 무슨 일이 있을 때마다 마을 사람들이 찾아와 가족의 안녕을 빌어 왔던 이 터에 사람들은 땅을 고르고 자로 잰 듯 깎아낸 돌로 담을 둘러 주었다. 이제, 이 팽나무는 제주도의 보호수로 지정되어 정성 어린 보살핌을 받고 있는 것이다.

설아는 암반 지형을 찾아 나섰다. 엄마가 서낭나무 신령님께 바치려고 물을 뜨러 갔던 장소 말이다. 분명 이 근처에 있을 것이다. 기억 속에 남은 오솔길이 있던 쪽으로는 넓은 도로가 생겼고, 어린애였던 설아와 동아도 내려갈 수 있었던 바위 땅은 도로를 만드느라 여기저기 잘려나갔다. 샘터 주변에는 계단도 만들어져 있었지만, 그리로 이르는 길은 막혀 있었고 표지판이 세워져 있었다. 과거에는 마을 사람들이 이 샘물을 음용수로 썼고 몸을 씻는 데도 썼다고 적혀 있었다.

아궁이에 불을 지피고 있던 엄마는 몇 번이나 한숨을 내쉬고 있었다. 다 쪄진 감자를 소쿠리에 담고는 설아와 동아를 불렀다. 뜨거운 감자를 호호 불면서 잡은 손을 번갈아 바꿔가며 먹고 있는 두 아이를 물끄러미 바라보던 엄마는 불쑥 일어나더니 아궁이로 가서 그 속의 검댕을 손에 묻혀서 돌아왔다.

"어무니, 뭘 하려고 그래?"

설아와 동아의 얼굴에 검댕을 바른 엄마는 한숨을 쉬었다. 그리고는 다시 일어나 반짇고리에서 가위를 꺼냈다.

"어무니! 왜 그러는 거야?!"

엄마는 동아의 등 뒤로 가더니 세 갈래로 꼬아 등허리까지

1장. 바람, 일렁이다

땋아 내린 머리끝을 움켜쥐었다. 놀란 설아가 엄마를 밀쳐내더니 두 아이는 서로 부둥켜안고 울기 시작했다. 엄마도 울음을 터뜨렸다.

"어떻게 해야 너희들을 지킬 수 있을까?! 삼팔따라지('서북청년회'를 가리킴. 북에서 38선을 넘어 남하한 극우 반공단체) 놈들이 여기저기서 말로는 못할 악행을 저지르고 다닌다는구나. 젊은 여자가 눈에 띄면 물불을 안 가린대. 어린애도 상관하지 않는다던데 하물며 너희들이 쌍둥이란 걸 알면……. 그러니까 잘 들어! 똑같은 모습을 하고 있으면 안 되는 거야. 자, 설아가 머리를 자를래, 아니면 동아가 머리를 자를래? 아! 차라리 머리를 빡빡 깎고 치마 말고 바지를 입힐까? 아니지! 그랬다간 분명 네가 산에 올라가서 폭도들에게 연락하려 했다고 트집을 잡을 거야. 너도 폭도들의 끄나풀이라며 몇 날 며칠을 혹독하게 당하게 될 거야. 여자애로 있어도 안 되고 남자애로 있어도 안 되니 아아! 도대체 이 일을 어쩌면 좋단 말이냐?! 어떻게 하면 너희들을 지킬 수가 있을꼬……."

엄마는 가슴을 치고 방바닥을 두드리며 울었다. 설아가 엄마 손에 쥐여 있던 가위를 반짇고리에 되돌려 놓았고 동아는 엄마의 이불을 깔았다. 엄마를 가운데에 두고 세 명이 나란히 누웠다. 설아는 엄마의 겨드랑이에 얼굴을 묻고, 동아는 엄마의 어깨에 얼굴을 올렸다. 엄마가 다시는 가위를 손에 쥘 수 없도록 하겠다는 듯이 두 아이 모두 엄마의 손에 깍지를 낀 채 잠이 들었다.

"탁! 탁! 탁! 탁!"

침실에서 희동이 부르는 소리가 났다. 식도암으로 목소리조차 낼 수 없게 된 남편이 대나무로 된 자를 두드려서 동아를 부르고 있었다. 동아는 이제 막 시작했던 빨래 개는 일을 멈추고 침실로 향했다.

"왜 그래?"

희동은 들고 있던 대자를 놓았다. 반쯤 몸을 일으킨 희동은 손으로 가슴을 몇 번이나 누르고 있었다.

"아파? 진통제 발라 줄까?"

희동의 표정이 밝아진다. 암은 이미 뇌까지 전이되어 있었다.

"한두 군데라면 어떻게 손을 써볼 수도 있겠습니다만, 이미 뇌 전체에 암이 안개처럼 퍼졌습니다."

의사가 했던 말이 다시 생각났다. 물조차 마시기 힘들게 된 희동의 배에는 위장으로 직접 영양 공급을 하기 위한 '위루'(胃瘻)라는 새로운 인공 입이 만들어졌다. 이 인공 입으로 연결되는 가느다란 호스 모양의 '위루관'을 통해 하루에 네 차례 액체 영양제를 주입하는 것이 동아의 역할이었는데, 이를 위해 특별히 병원에서 훈련까지 받았다. 통증을 호소하면 영양제 안에 진통제를 타서 주입하면 되지만 지금은 '식사' 시간이 아니었다. 그럴 때를 대비해서 붙이는 진통제가 있는 것이다.

"곧 편안해질 거야."

동아가 말을 건네자 희동은 기쁜 듯이 "응, 응"하며 고개를 끄덕였다. 희동의 표정이 밝아지는 경우는 진통제를 주입하거나 붙일 때뿐이었다. 암의 고통이 얼마나 큰 것인지, 희동의 일상에서는 아픔에서 해방되는 것만이 바람의 전부가 되어 있었다. 동아를 아내로 인식하고 있는지 아닌지도 애매했다. 하다못해 자상한 간호사라도 되어 주어야겠다고 동아는 생각했다. 창문을 조금 열었다. 종일 입을 떼는 일이 거의 없게 된 희동의 입에서 나는 냄새가 역하다. 미지근한 물에 구강 세정제를 타서 입안을 헹구어 주려고 했지만, 희동은 반쯤 일으킨 몸을 침대에 기댄 채 그새 잠이 들어버렸다. 희동의 뺨이 연한 복숭아색으로 물든 것을 본 동아는 그의 통증이 잦아들었음에 안도하고 살그머니 방문을 닫았다.

일본에서 대학을 졸업한 후에 오사카 조선고급학교의 일본어 교사로 긴 세월을 교단에 섰고, 그 후로는 일본 각지의 조선학교 교장을 역임한 희동이었다. 평생의 대부분을 재일조선인 자제들의 교육에 열정을 쏟아 왔던 남편이었다. 그 표정이나 행동거지에 배어 있던 권위라는 것이 뇌에 암이 전이되고부터는 흔적도 없이 사라져버리고, 오로지 고통이 가시기만을 바라는 어린애처럼 변해갔다. 지금 동아 앞에 있는 이 사람은 분명 오랜 세월 부대끼며 함께 부부로 살아온 초로의 남편이지만, 때로는 네댓 살짜리 철없는 아이처럼 행동했다. 화장실에 따라갔다가 침대에 누이기 전에 슬리퍼를 벗겨 준다. 희동은 다시 슬리퍼를 신는다. 동아가 슬리퍼를 또 벗긴다. 또다시 희동이 슬리퍼에 발을 넣는다. 그런 되풀이가 계속되다 보면 동아는 그만 큰 소리를 내게 되고 희동은 아랫입술을 깨물며 눈을 올려 뜬 채 동아의 안색을 살피다가 기어들어 가는 듯한 목소리로 무섭다고 했다. 이런 경우 상대가 정말 어린애였다면 "아직 안 졸려?"라던가 "좀 더 놀고 싶니?"라고 물어보기라도 하겠지만, 눈앞에 있는 건 이미 노인이 되어버린 남편이었다. 피곤에 지친 동아는 어린애가 된 남편을 그대로 받아들일 수가 없어서 자신도 모르게 그만 역정을 내고 말았던 것이다.

"여보, 나는 여기 머물러야 할 입장이야. 당신이 가는 것을 말리지는 않을게. 당신은 제주도에서 태어난 사람이지. 설아 처제가 노년을 제주도에서 살겠다고 하잖아. 여러모로 도와주고 싶기도 할 테고 60년 만의 귀향이니 가슴이 뛰겠지. 당신이 다녀오는 건 좋지만 내게 함께 가자고는 하지 마. 그건 나에게 국적을 바꾸라고 하는 것과 같으니까.

우리 어무니는 내가 말귀를 알아들을 무렵부터 제주 사투리의 조선말을 가르쳐 주셨어. 내게 민족혼을 불어넣어 주셨던 거야. 일곱 살에 조선학교에 입학해서 즐거운 마음으로 학교를 다녔지. 그랬었는데 불과 일 년 만에 학교가 폐쇄되고 말았어. '한신교육사건'(阪神教育事件: 1948년 1월, 연합군 총사령부의 지령을 받은 일본 정부가 '조선인학교 폐쇄령'을 발령. 전국 각지에서 이에 항의하는 시위가 일어나 오사카에서는 3만 명이 넘는 대규모 집회가 열리고 오사카시경이 물대포와 무력으로 진압하는 와중에 경찰의 발포로 당시 16세였던 김태일 소년이 사망)이 터졌던 거야. 당신이 있던 제주도에서 4·3사건이 일어난 해였어. 난 억지로 일본인 학교로 편입됐고 당신을 처음 만났던 게 그 무렵이었지. 이미 그때 나는 어무니가 말하는 조선말조차 알아들을 수 없게 돼버렸어. 제주도에서 온 당신들 두 자매가 제주말로 대화하는 것을 들어도 무슨 말을 하는지 도무지 알아들을 수가 없었어. 어무니는 그런 나를 한심하게 생각하셨겠지. 고향인 제주도에서 온 당신들 두 사람을 앞에 두고도 나는 일본말밖에 할 줄 몰랐고, 일본인처럼 자라고 있는 그런 나를 한심스럽게 생각하셨을 거야.

일본 학교에 다니기 시작하자 조선말을 잊어버리고 민족의 뿌리마저 부정하는 듯한 이중인격적인 생활을 하게 됐던 거지. 내가 그랬었어. 그래서 대학생 때는 유학동맹('재일본조선유학생동맹'의 약자. 일본의 각 대학에서 공부하는 동포 학생들이 결성한 학생단체)에 들어가서 내 삶을 근본부터 바꿔보려고 했었지. 조선말도 처음부터 다시 배우기 시작했어. 내가 대학을 졸업한 후에 조선학교에서 줄곧 교사 노릇을 해 왔던 것은 우리 아이들이 이 일본 땅에서 가슴을 펴고 떳떳하게 살아가길 바랐기 때문이야. 일본 땅이지만 당당한 조선인으로 살아간다는 것, 그게 어무니의 소원이셨어. 하지만 지금은 갈 수가 없어. 조선 국적을 한국 국적으로 바꾸는 것을 조건으로 여권을 내주는 그런 나라에 내가 갈 이유가 없지. 죽기 전에 단 한 번만이라도 고향 땅을 밟아보고 싶다던 우리 어무니나 재일조선인 1세들이 민단에서 계획한 '고향 방문단'의 유혹에도 굴하지 않고 꿋꿋하게 버텨 왔는데 내가 그리 쉽게 갈 수는 없는 노릇이지."

 희동의 나지막한 음성이 되살아났다. 설아가 자신이 태어난 고향 제주도에서 노년을 살아가려고 결심한 시기와 희동이 식도암 말기라는 선고를 받았던 것은 거의 같은 시기였다. 낮게 깔려 귀에 잘 울리던 그의 목소리는 점차 갈라지는 쉰 소리로 변해갔다. 마지막으로 희동과 대화를 나눈 게 언제였던가…. 암으로 좁아진 식도에 소화관용 금속 철망을 집어넣어 벌리는 스텐트 삽입술마저 불가능하다는 말을 듣고 어쩔 수 없이 위루관을 선택했던 것이다. 먹는 즐거움을 잃고 난 이후로 희동의 상태는 눈에 띄게 악화되어 갔다.

 희동이 낯익은 저음으로 다시 한번 자기 이름을 불러 주면 좋겠다고 동아는 생각했다. 한 살 위인 동아를 희동은 항상 '누나'라고 불렀다. 처음 사귀기 시작했을 때도 그건 마찬가지여서 마치 그것이 동아의 이름인 양 희동의 입에 배어 있었다. 결혼 첫날밤 희동은 작심이라도 한 듯이 처음으로 "동아야!"라고 불렀다. 그 낮게 깔려 떨리던 희동의 목소리가 지금도 귓가에 쟁쟁하다.

 희동은 그 옛날 처음 만났을 때보다도 훨씬 더 이전의 어린 아이로 회귀해버렸다. 한 살 어렸던 소년은 학교에서 돌아오면 깡마른 몸으로 자기보다도 큰 자전거에 골판지상자를 싣고 시내의 작은 공장으로 배달을 나가는 것이 일과였다. 아이로 되돌아간 희동이지만 더 성장하는 일은 없을 것이다. 암이라는 놈이 희동의 뇌와 몸을 조금씩 갉아먹어 갈 것이다. 간병인을 구하기는 했어도 언제 상태가 급변할지 모르는 희동을 두고 비록 며칠이라 할지라도 집을 비울 수는 없기에 동아는 한시도 희동의 곁을 떠나 있고 싶지 않았다.

설아는 제주도로 향했다. 동아는 간사이(關西)공항에서 설아의 하나뿐인 딸 가야와 함께 설아를 배웅했다.

"어머니 고집에는 두 손 두 발 다 들었어요. 이제 칠십이 다 됐으니 손자나 보시면서 맘 편하게 사시는 게 어떻겠냐고 몇 번이나 말했는데, 칠십이 다 돼 가니까 가는 거라며 고집을 부리시네요."

"네 엄마가 그렇게 고집을 부리는 게 아직은 건강하다는 증거겠지. 아무리 고향이라고는 해도 벌써 60년이 지났는데 아는 사람이 있는 것도 아닐 테고…. 그런데도 고향이 그립다고, 부모님 생사를 확인하고 싶다고 하네. 나도 기를 쓰고 말려봤지만 말이야. 충분하진 않더라도 며칠 관광이나 하고 오는 게 어떠냐고 해봤는데, 자기 마음과 뿌리는 이미 제주도에 있대. 그 땅에서 새 삶을 살고 싶단다. 이제 누가 무슨 말을 하더라도 말이야."

"걱정은 걱정이지만, 지금은 메일도 되고 무슨 일이 생기면 바로 연락이 되니까요."

"그렇지. 옛날 같으면 편지가 도착하는 데만도 열흘 이상은 걸렸으니까. 나도 네 엄마랑 연락하려고 글쎄 이 나이에 컴퓨터 특별 강습을 받았지 뭐니!"

비행기가 날아올랐다. 오사카에서 제주도까지 불과 두 시간도 채 걸리지 않는 이 거리를 60년 전의 설아와 동아는 보통이를 부여잡고 어두컴컴한 선창 바닥에서 며칠을 견뎌야 했다. 동아는 자신의 손바닥을 지그시 바라보았다. "너희 둘은 절대로 손을 놓아서는 안 된다!"는 어머니의 말에 요동치는 배 밑창에서도 서로의 손을 꽉 쥐고 놓지 않았다. 이제는 더 이상 손에 잡히는 설아의 온기를 느낄 수 없게 된 동아는 밀려드는 허전함에 코트 주머로 손을 밀어 넣었다.

"탁! 탁! 탁! 탁!"

희동이 대자를 가지고 침대의 나무틀 부분을 두드리고 있다. 그것을 들은 동아는 반사적으로 몸을 일으켰다.

제주읍 노형리. 호주 김영구(39). 농업. 단기 4281년 11월 19일 폭도의 마을 습격 시 전사. 처 오여춘(37). 장남 김경붕(19). 차남 김경준(12). 3남 김경보(9). 생활상태 빈곤. / 제주읍 노형리 호주 고순탁(42). 농업. 단기 4281년 11월 19일 피창. 처 현길수(38). 모 김성행(68). 장남 고방기(10). 차남 고방녀(8). 생활상태 곤궁. / 제주읍 노형리. 장남 이의 원(23). 농업. 단기 4281년 11월 19일 피탄. 부 이종희(52). 모 임정영(50). 차남 이의철(20). 조모 권순량(74). 생활상태 보통. / 제주읍 노형리. 장남 강한성(39). 농업. 단기 4281년 11월 19일 전사. 부 강명우(75). 처 김혜련(40). 차남 강동망(34). 3남 강동현(30). 4남 강동진(28). 생활상태 보통. / 제주읍 노형리. 차남 이기호(28). 농업. 단기 4281년 12월 7일 좌익 소탕 특공대 소대장 활동 중 폭도에게 피살. 부 이영원(60). 모 임국추(56). 처 오동기(26). 장남 이기연(31). 3남 이기열(25). 장녀 이복순(3). 차녀 이명순(1). 생활상태 보통. / 제주읍 노형리. 호주 양계원(29). 남로당원. 단기 4281년 12월 10일 군에 의해 총살. 처 김선우(27). 장녀 양효순(8). 차녀 양효령(5). 장남 양장근(3). 생활상태 곤궁. /

  허름한 종이에 수기로 작성한 단기 4281(1948)년의 사망자 관련 기록에는 각각의 조사관의 성격이 드러나 있었다. 사망자에게 다가가는 마음으로 한 자 한 자 정성껏 적은 것도 있는가 하면, 휘갈겨 쓴 탓에 판독하기 어려운 것도 있었다. 본적지, 혈연관계, 성명, 연령, 성별, 직업, 일시, 장소, 사유, 유가족, 생활상태. 이 모든 사정을 다 채운 용지도 있고 빈칸이 눈에 띄는 용지도 있었다. 설아는 그 한 장 한 장을 꼼꼼하게 훑어보았다. 혹시나 부 '고천기', 모 '이선희'의 이름이 적혀 있지나 않을까 하는 떨리는 마음으로 엄청난 수의 사망자 관련 기록들을 읽어 내려갔다.

 피 냄새가 배어나는 듯한 당시의 경찰 문서를 읽으면서 설아는 치밀어 오르는 구역질을 애써 눌러 참았다. 이름을 찾고 싶은 것인지 이름이 없기를 바라는 것인지 두터운 파일에 철해진 사망자의 기록을 한 장 한 장 넘기면서 설아는 스스로에게 묻고 또 물었다.

 그러던 중 어느 한 장의 유가족란에서 들어본 적이 있는 이름을 발견했다.

 '장남 박윤호(11)'

 "윤호(潤浩)?" 그 옆에는 '조모 현말이(73)'라고 적혀 있었다. 아버지는 '박원수(40)'였고 총살로 기록되어 있었다. 기억 속의 윤호는 또래의 사내아이들보다 머리 하나 정도 키가 작았다. 윤호의 어머니는 그를 낳자마자 바로 숨을 거두었다. 언제나 미간에 주름이 잡혀 있는 아버지와 할머니와 그렇게 세 식구가 함께 살고 있었다. 윤호의 오른쪽 눈썹에는 큰 검정 사마귀가 있어서 아이들 놀림감의 표적이 되었다. "저런 곳에 팥알을 붙여 놨으니 그걸로 팥죽을 쑤어 먹으면 틀림없이 맛있을걸?"이라며 큰 소리로 놀려대곤 했다. 그중에는 손가락으로 쥐어뜯는 흉내를 내는 아이도 있었다. 언제나 작은 나뭇가지 같은 장작을 대신할 땔감을 등에 지고 있던 윤호는 그 자리를 빠른 걸음으로 지나갔다. 들리지 않는 것인지 들리지 않는 척을 하는 것인지. 그런 윤호의 태도에 아이들은 그를 둘러싸고는 "저건 팥알이 아냐. 어멍('어머니'의 제주말) 젖꼭지가 붙어 있는 거야. 나도 빨고 싶은걸!" 하면서 쪽쪽 소리가 나는 입을 갖다 대는 시늉을 하기도 했다. 이쯤 되면 무슨 말을 듣더라도 대응하지 않고 참고만 있던 윤호도 비로소 지게를 내려놓고 거기에 있던 나뭇가지를 치켜들고 휘둘렀다.

"너 이 자식, 다시 한번 말해봐!"

"어라? 이 녀석 말도 할 줄 아네?! 팥이 말을 한다아~!"

아이들은 거미 새끼 흩어지듯 사방으로 달아났.

마을에는 냇물이 흘렀고 샘물이 솟는 곳도 몇 군데 있었다. 그래서 다른 마을에서 허벅(물구덕에 넣어 등에 지고 운반하는 제주 고유의 물동이. 역자 주)을 지고 우리 마을을 오가는 사람들이 많았다. 윤호도 그중의 한 명이었다. 허벅에 담긴 물을 한 방울이라도 흘릴세라 조심조심 걸음을 뗐다. 그 작은 몸이 눌려 찌부러질 것만 같았다.

"어무니, 윤호는 항상 물동이를 지고 있어서 그렇게 땅꼬마가 된 거야?"

"윤호? 아아! 이웃 마을의 그 애 말이구나. 걔는 불쌍한 아이란다. 자기 어멍 얼굴도 모르는 가엾은 아이지. 근데 동아야, 넌 생각나는 대로 그냥 말해버리는 나쁜 버릇을 아직도 고치지 못했구나!"

"어무니, 그럼 누가 윤호한테 젖을 먹였는데?"

"할무니('할머니'의 제주말)가 그 애를 안고 이 마을 저 마을로 다니며 젖동냥을 해서 얻어 먹였지."

"아하! 그래서 윤호 눈썹에 젖꼭지 같은 게 붙어 있는 거구나아!"

"설아 너, 그만두지 못하겠니? 너까지 짓궂고 못된 아이처럼 굴면 못쓴다! 그 나이에 그렇게 부지런한 아이가 어디 있니? 아부지를 도와 밭일도 나가고, 할무니를 도와 물도 길어오고. 너, 그 애가 노는 걸 본 적 있어?"

엄마가 매섭게 나무라는 통에 두 아이는 슬금슬금 방을 빠져나와 된장독과 간장독 그리고 곡식이 담긴 독들이 놓여 있는 고방으로 갔다.

"근데 있잖아, 어무니는 왜 갑자기 화를 내는 걸까?"

"화병일 거야."

"화병이 뭔데?"

"설아 넌 정말 아무것도 모르는구나? 화병이라는 건 말이야, 하고 싶은 말이 있어도 할 수가 없어서 참고 또 참으면 생기는 병이래."

"어무니가 뭘 참고 있는데?"

"설아야, 우리 집에 아부지가 계시는데도 계속 안 들어오고 계시잖아."

"맞아! 아부지 얘기만 꺼내면 말도 못하게 하면서 갑자기 야단을 치잖아. 아하! 그게 화병인가? 어무니가 병에 걸린 거구나!"

1장. 바람, 일렁이다

 문을 여는 소리가 들렸다. 둘은 독 사이로 몸을 움츠렸다.
 "아무래도 여기 큰 쥐가 있는 것 같네. 바스락거리는 소리가 나더니 어째 보리가 너무 빨리 줄더라니까. 자, 그럼 고놈의 긴 꼬랑지를 붙잡아서 붕 붕 휘둘러볼까? 아니면……."
 설아와 동아는 누가 먼저라고 할 것도 없이 독 사이에서 튀어나와 엄마 품에 매달렸다.

 그 일이 있었던 것은 장마 때였다. 겨우 비가 그치고 오랜만에 해님이 얼굴을 내밀었다. 비가 오지 않는 한 바닥에 물이 보이지 않던 하천도 바위 사이사이에 물을 담고 있어서 그곳은 아이들의 더없는 놀이터가 되었다. 동아가 바위 모서리에 이마를 찧고 난 다음부터 하천 근처에는 얼씬도 하지 말라는 경고를 엄마가 내렸지만, 두 아이는 끈적거리는 몸을 씻으러 가자는 눈짓을 교환하며 집을 나섰다. 조심조심 바위를 내려갔다. 아이들이 경쟁하듯 서로에게 물을 뿌리면서 까불며 떠들어대고 있었다.
 "있잖아, 우리 좀 더 안쪽으로 들어가 보자. 고기를 잡을 수 있을지도 모르잖아."
 "고기? 물고기가 있다고? 하지만 냇가에 갔던 게 들통날걸?"
 "설아 넌 겁쟁이구나? 그럼 됐어. 나 혼자 가지 뭐."
 동아는 설아를 두고 바위 사이를 누비듯이 앞으로 나아갔다. 설아는 어찌할 바를 모르고 발목까지 올라오는 물을 발로 찼다. 그런데 곧 돌아올 거라고 생각했던 동아가 좀처럼 돌아오지 않았다. 초조해진 설아는 동아를 찾아 나서기로 했다. 상류로 갈수록 아이들의 모습이 드문드문해지더니 이윽고 설아 혼자만 남게 되었다. 아이들이 없는 냇가는 고요했고 암반 위로 고인 물은 투명하듯 맑았다. 설아는 허리를 구부리고 수면을 응시했다. 바닥에 있는 돌이 햇빛을 반사해서 고개를 움직일 때마다 반짝반짝 빛이 났다. 그렇게 설아는 넋을 잃고 보다가 몸의 균형을 잃고 그만 엉덩방아를 찧는 바람에 가슴팍까지 물에 젖고 말았다. 일어나려고 했지만, 발이 미끄러져서 생각만큼 쉽게 일어날 수가 없었다. 그때, 눈앞으로 큰 나뭇가지가 불쑥 다가왔다. 그것을 잡고 설아는 흠뻑 젖은 몸을 일으켰다. 맞잡은 나뭇가지 저쪽에 윤호의 얼굴이 있었다.

"어? 팥죽이네?!"

윤호는 나뭇가지를 놓아 버렸다. 설아는 다시 한번 엉덩방아를 찧었다.

욕조에 따뜻한 물을 채웠다. 욕실의 작은 창문으로 햇살이 쏟아져 내리고 있다. 밤이 되면 기온이 떨어져 쌀쌀하니까 감기라도 걸리면 큰일이라고 생각한 동아는 낮에 희동을 목욕시키기로 했다. 위루관을 통해 '식사'를 마친 다음 희동은 침대 등받이에 기대어 텔레비전 화면에 시선을 던지고 있었다. 그 내용이 이해가 되는지 어떤지는 의심스러웠지만, "목욕할 거니까 자면 안 돼. 깨어 있어야 돼!"라고 말한 것을 희동은 애써 지키고 있었다. 욕조에 물이 채워지는 사이에 동아는 희동이 갈아입을 옷을 준비하고 거실에 있는 난로를 켜서 실내에 온기가 돌게 했다.

동아는 희동의 손을 잡아 일으켜 세우고 거실로 데리고 나가 그의 잠옷을 벗겼다. 희동은 막대기처럼 그저 우두커니 서 있을 뿐이었다. 윗옷을 벗기고 바지를 벗기고 팬티를 벗긴다. 알몸이 된 희동을 욕실로 데려간다. 적당히 데워진 물을 희동의 하반신에 끼얹고 희동을 욕조에 들어가게 한다. 희동은 오랜만에 접하는 따끈한 물에 기분이 좋아졌는지 두 발을 쭉 벋고 눈을 지그시 감고 있다. 다리 사이로 시들어버린 성기가 보이고 음모가 흔들리고 있다. 동아는 옷소매를 걷어 올리고 때밀이 수건에 비누를 문질러 거품을 낸다. "자, 이쪽으로." 희동이 눈을 뜨고 동아의 얼굴을 본다. 맑은 눈이다. 동아를 무한대로 신뢰하는 갓난아이 같은 눈이다. 동아가 고개를 끄덕이자 희동도 따라서 끄덕인다. 동아가 손을 내밀자 희동은 그 손을 잡고 욕조에서 나와 목욕의자에 앉는다. "머리부터 감길게." 희동은 두 손으로 양쪽 귀를 덮는다. 이럴 때는 말 잘 듣는 어린아이 같다. 때밀이 수건으로 등을 밀었다. 일주일 정도 전까지만 해도 동아가 등을 다 밀고 나서 때밀이 수건을 내밀면 희동은 그것을 받아들고 자신의 몸을 씻었지만, 오늘은 그냥 맡겨만 두고 있다. 동아는 희동의 팔을 잡아서 씻고 양쪽 다리도 씻었다. 발톱이 자라 있다. 투명감은 간데없고 밀랍처럼 뿌옇게 퇴색되어 있다. 의사가 암이 온몸으로 퍼졌다고 말했는데, 암은 발톱에까지 영향을 주게 되는 것일까? 손발톱을 보면 몸 전체의 건강상태를 알 수 있다고 한다. 정말로 발톱에까지 그 영향이 미친 것일까? 웅크리고 희동의 몸을 씻겨 주고 있던 동아의 눈앞에 희동의 성기가 있었다. 오래전 한창 젊었을 때 아이가 생기기 전에는 희동과 둘이서 목욕을 하면서 서로의 등을 밀어주고 거품이 묻은 몸 그대로 사랑의 행위에 다다른 적이 종종 있었다. "욕실은 소리가 울리니까 소리 내지 말고 참아야 돼!" 좁은 욕조 안에서 서로 뒤엉켜 격렬하게 움직이다 보면 일렁이던 욕조 안의 물이 튀어 올라 욕실 벽에 부딪히고 머리로 떨어지는 바람에 이미 감았던 머리를 다시 한번 헹궈야 했다. 여기도 정성껏 씻어 줘야 하겠지만 동아는 차마 손을 댈 수가 없어서 샤워기를 틀어 물을 뿌려 주었다.

희동을 일으켜 세운 다음 목욕타월로 몸을 닦고 재빨리 새 옷으로 갈아입혀 침대로 데려갔다. 머그컵에 따끈한 물을 부어 아주 조금만 입에 머금게 했는데 입술을 적실 정도의 양이었다. "목욕하고 나서 마시는 맥주는 정말 최고야!"라며 허리에 목욕타월만 두른 채 우뚝 서서 캔맥주를 들이키던 희동의 모습이 생각났다. 입으로는 음식물을 섭취할 수 없기 때문에 위루관을 통해 영양분을 위장으로 투입하고 있는데, 그 관에 남편이 좋아하는 맥주나 청주를 넣어 주면 어떻게 될까? 적당량이라면 기분 좋게 살짝 취기가 도는 정도가 되고, 도가 지나치면 아예 취해버리는 걸까? 술고래라고 해도 좋을 희동의 주사에 번번이 시달렸던 적이 있는 동아였지만, 지금은 그런 일조차도 새삼 그립게 느껴졌다. 동아는 그런 생각을 떨쳐내기라도 하려는 듯 욕실로 들어가 젖어버린 옷을 벗고 몸을 씻었다. 희동이 잠드는 것을 지켜본 다음 침실 문을 닫고 차가운 캔맥주를 꺼내 시원하게 목을 적셨다.

현관 벨이 울렸다. "한낮의 이 시간에 누구지?" 문을 열자 시어머니가 서 있었다.

"어무니, 어쩐 일이세요? 자, 어서 들어오세요."

시어머니의 숨결이 거칠었다. 동아가 시어머니 앞에 주스가 담긴 컵을 내려놓았다. 시어머니는 그걸 단숨에 다 비워버렸다.

"아이고! 우리 희동이가 멀쩡하면 얼마나 좋겠니······."

시어머니는 침실로 들어가 잠들어 있는 아들의 얼굴을 내려다보았다.

"아이고, 아이고······."

시어머니는 식탁 의자에 앉으며 말을 이었다.

"아이고, 무서워라 무서워! 내가 츠루하시역 뒤편에 사는 곰보 할망('할머니'의 제주말)한테 마늘장아찌를 갖다 주려고 갔었지 뭐냐. 맛있게 담갔거든. 참! 얘야, 네 것도 가져왔다."

시어머니는 현관으로 가더니 밀고 다니는 작은 손수레 안에서 인스턴트커피 병에 담긴 마늘장아찌를 꺼내 와서 테이블 위에 올려놓았다.

"고맙수다. 그런데 무슨 일이 있었는데요?"

"아 글쎄, 천천히 수레를 밀면서 걸어가고 있는데, 갑자기 누가 '어이! 거기 가는 조선 할망구!' 하고 고함을 지르는 거야. 날 보고 하는 소린가? 하고 주위를 둘러보는데 또 한 번 '너 말이야, 너! 거기 있는 조선 할망구!'라는 거야. 보니까, 육교 아래 자전거 세워두는 곳에 사람들이 많이 모여 있고 경찰도 있더라고. 일장기를 휘두르며 히죽거리면서 '냄새 나는 조선 놈들!', '더러운 조선 놈들이 만든 김치를 사지 마라!'라는 둥, '조선 놈은 조선으로 돌아가라!', '조선 놈은 네 발로 기어 다녀라!' 하면서 고함을 지르고 난리도 아니더라. 그런데도 경찰은 그놈들을 에워싸고는 아무것도 하지 않는 거야. 난 피가 머리 꼭대기까지 솟구쳐서 가까이 다가갔지. '우리가 뭘 어쨌다고 그러는 거야?!', '우린 아무 나쁜 짓도 하지 않았어!', '양아치 같은 네놈들에게 바보 취급당할 만큼 헛살지는 않았단 말이다!' 이렇게 맞받아치려고 마음먹고 가까이 다가가는데, 눈시울이 붉어진 젊은 애들이 '할머니, 가까이 가시면 안 돼요. 상대하시면 안 돼요' 그러더라고. 그리고는 어디까지 가시냐고 묻더니 이 근처까지 날 데려다주는 거야. 그런데 그놈들은 도대체 뭐 하는 개뼉다구들이냐고!"

동아는 시어머니의 주스 잔을 한 번 더 채웠다. 컵을 쥔 시어머니의 손이 떨리고 있었다.

"우리 희동이가 멀쩡했다면 말이다, 그놈들에게 '너희들 뭐 하는 놈들이야!' 하면서 꼼짝 못 하게 해 줬을 텐데 말이다. 아이고…….'"

'재특회' 놈들일 것이다. 일장기를 휘두르며, 있지도 않은 재일동포들의 특권을 박탈하라 외쳐대며, 재일동포들에 대한 증오를 부채질하고 있는 집단의 광기를 텔레비전에서 본 적이 있다. 일본에서도 재일동포가 가장 많이 살고 있는 이곳 오사카, 그것도 동아네가 살고 있는 여기 츠루하시까지 드디어 원정을 왔다는 말인가? 등에 벌레가 스멀스멀 기어 다니는 듯한 느낌이 스치면서 동아는 치를 떨었다.

"아이고! 모처럼 곰보 할망한테 갖다 주려던 마늘장아찌를 깜박했구나!"

"어머님, 그이가 잠든 사이에 저랑 함께 다녀와요."

"그래? 같이 가주겠니? 아! 생각만 해도 무섭구나. 혈압 올라 못 살겠다."

동아는 시어머니와 함께 곰보할머니 집으로 향했다. 제주도의 비교적 가까운 마을에서 자란 두 사람은 일제 강점기에 부모님을 따라 현해탄을 건너와서 어릴 적부터 날마다의 양식을 구하기 위해 고무 공장 등에서 함께 일했던 사이였다. 곰보할머니는 철이 들었을 무렵 천연두에 걸려 충분한 치료를 받지 못했기 때문에 얼굴에 그 흔적이 남아 있었지만, 타고난 명랑함과 성실성을 인정받아 결혼도 했고 손자들도 많이 보았다.

동아는 언제 만나도 웃음을 잃지 않는 그 곰보할머니를 무척이나 좋아했다. 시어머니는 오늘 있었던 그 일을 곰보할머니에게 남김없이 전할 것이고, 두 분이 쌍으로 분개하며 마늘장아찌를 안주로 곰보할머니가 직접 담근 일품 막걸리를 들이킬 것이다.

……어무니, 적당히 드세요…….

두 분의 모습을 상상하는 동아의 얼굴에 보조개가 피어올랐다. 츠루하시역을 지나 사이쿠다니교차로가 있는 사거리로 접어들었다. 스피커에서 귀에 거슬리는 "찌잉~" 하는 소리가 나기에 그쪽으로 눈을 돌렸다. 여남 명의 경찰관들이 그들을 지키듯 에워싸고 있었다. 그 사이로 꽤나 많은 일장기와 욱일기가 삐져나와 있었다. 동아는 가까이 다가갔다.

"춍코(재일동포를 멸시하는 호칭)! 춍코! 꺼져라. 춍코!" 플래카드에 적힌 글자를 읽어봤다. '좋은 조선 놈도 나쁜 조선 놈도 다 죽여라!', '여기는 일본이다. 꺼져라. 춍코! 춍코!'

동아에게는 '춍코'라고 외치는 소리가 '폭도, 폭도'로 들렸다. 속에서 쓴물이 올라오는 것을 되삼키기 위해 길가에 쭈그리고 앉았다. "괜찮으세요?" 길을 지나던 젊은 여자가 몸을 굽혀 동아의 안색을 살폈다. "아, 고맙습니다. 이제 괜찮아요." 여자가 손을 내밀었다. 동아는 여자의 손을 잡고 일어섰다. 머리카락에서 달콤한 향내가 났다. "땀으로 흠뻑 젖었네요. 정말 괜찮으신 거예요?" "아, 이젠 정말 괜찮아요. 감사합니다." 여자의 뒷모습을 바라보며 동아는 속에서 밀려오는 깊은 숨을 토했다.

 설아와 동아는 볕이 잘 드는 앞마당에서 콩깍지를 벗기고 있었다. 이따금 그 콩을 서로의 얼굴에 던지거나 콩깍지를 상대쪽으로 불어 날리는 짓을 하다가 엄마한테 먹는 걸로 장난치는 게 아니라며 야단을 맞았다. 옆집 아줌마가 찾아와서 엄마와 한동안 이야기를 나누다가 돌아가자 엄마는 두 딸을 향해 "일로 와라."라고 짧게 말했다. 엄마의 미간에 주름이 잡혀 있었다. 엄마는 손으로 치마를 털고 두 아이의 손을 잡으며 말했다.
 "잘 들어라. 내가 시킨 대로만 해야 돼. 쓸데없이 입을 열면 안 된다!"
 "어딜 가는 건데?"
 "따라오면 알게 돼. 쓸데없는 말 하지 말라고 했잖니!"
 설아와 동아는 뾰로통한 얼굴을 하면서 그래도 엄마 손을 잡고 걷는 게 좋아서 둘 다 엄마한테 매달리듯 달라붙어서 산길을 내려갔다. 큰길이 가까워지자, 엄마는 두 아이의 손을 놓고 "알았지? 꼭 어무니가 시킨 대로만 해야 한다!"며 다시 한번 다짐을 두었다. 큰길에는 이미 많은 사람들이 모여 있었다. 아는 얼굴도 있었지만, 대다수는 처음 보는 사람들이었다. 어린 애들은 무엇이 시작되는지 궁금해하면서 맨 앞줄에 진을 치고 있었다. 이윽고 애월 방면에서 경찰 지프차가 다가왔다. 아이들은 처음 보는 지프차를 보고 흥분해서 손뼉을 치며 좋아했다. 지프차에서 군인이 내려섰다. 그러더니 모여 있는 마을 사람들을 향해 크게 소리쳤다.

"이 나라의 근간을 흔드는 놈들을 그냥 놔둬도 되겠습니까?! 이놈들은 폭도입니다. 빨갱이입니다. 이 빨갱이 놈들이 여러분들의 집을 태우고 식량을 빼앗고 심지어 죽창으로 목숨마저 앗아가고 있습니다. 선량하고 근면한 여러분들의 생활과 안녕을 위협하는 이 무리들, 이놈들은 폭도입니다! 빨갱이입니다!"

군인이 뒤쪽을 가리켰다. 손이 뒤로 묶여 연결된 오십여 명의 사람들이 고개를 떨군 채 걸어왔다. 군인은 아이들에게 돌을 던지라고 시켰다.

"침을 뱉는 것만으로는 성에 차지 않습니다. 그러나 우리나라는 법치국가입니다. 폭도들마저도 보호해 주는 법치국가입니다. 여러분들의 폭도들에 대한, 빨갱이를 향한 분노를 모두 돌멩이에 담아서 던져버립시다! 폭도들에게! 이 더러운 빨갱이 놈들에게 말입니다!"

마을 사람들은 서로 얼굴을 마주 보며 눈짓을 하더니 처음에는 작은 소리로 "폭도!", "빨갱이!"라고 따라서 외쳤다. 그러던 것이 점차 큰 소리의 대합창으로 번져 갔다. 아이들은 주변에 있는 돌을 주워서 냅다 던져댔다. 손이 뒤로 묶여 밧줄로 연결된 사람들은 도망을 칠 수도 없어서 아이들의 좋은 표적이 되었다. 설아와 동아도 몸을 숙여 돌을 주워들었다. 엄마가 두 아이의 저고리를 세차게 끌어당겼다.

"흉내만 내라, 던지는 척만 하는 거야!"

아이들이 던진 돌에 얼굴을 맞아 피를 흘리는 사람들을 보자 아이들은 환성을 질렀다. 한 무리의 사람들은 땟국물에 절어 볼은 홀쭉하고 너덜너덜한 넝마를 걸쳤는데, 그 모습은 차마 눈 뜨고 볼 수가 없을 정도였다.

"알겠나? 잘 봐둬라! 저것들이 폭도다. 빨갱이의 말로다!" 군인이 목소리에 더 힘을 주었다.

마을 사람들은 "폭도!", "빨갱이!"라며 따라서 외쳤다. "아이고, 냄새야!" 하고 누군가가 중얼거렸다. "거, 냄새 참 지독하네!" 아이들은 그 말을 듣고 "똥내 나는 폭도!", "똥내 나는 빨갱이!"라며 더욱 기세를 올려 소리를 질러댔다.

"근데 말이야, 저기 저 사람 사탕삼춘 아냐?"

동아가 설아에게 소곤거렸다.

"응? 어디?"

"저기 봐, 저기! 수염이 덥수룩한……."

턱을 뒤덮은 수염 때문에 이전의 당당했던 모습은 없었지만, 앞만 보고 걸어가는 청년은 의심할 여지가 없는 사탕삼춘이었다. 아버지 쪽 사촌에 해당하는 그 청년은 집안의 제사 등에서 얼굴을 마주칠 때마다 설아와 동아에게 "많이 컸구나. 요전에 봤을 땐 기저귀를 하고 있더니."라던가, "예뻐졌구나. 얼마 전까지만 해도 시퍼런 콧물을 흘리고 다니더니."라며 놀려대고는 두 아이의 손에 예쁜 포장지에 싸인 사탕을 쥐어 주었다. 설아와 동아는 둘 다 어른이 되면 사탕삼춘과 결혼할 거라고 우겨댔는데, 아빠가 결혼할 수 있는 건 한 사람뿐이라고 하자 서로 머리끄덩이를 잡고 싸우기 시작하다가 엄마로부터 "썩 그만두지 못하겠니!"라는 불호령을 듣고 세상 서럽다는 듯 울었다.
"어무니! 사탕삼춘이 있어. 저기 봐, 저기!"
엄마는 두 아이가 가리키는 쪽으로 눈을 돌렸다. 순식간에 엄마의 얼굴이 굳어졌다. 금세 두 눈이 충혈되는 듯하더니 아랫입술이 떨렸다.
"삼춘~! 사탕삼춘~!"
그 순간 엄마는 둘을 때렸다. 사탕삼춘은 얼굴을 돌려 설아와 동아의 모습을 발견하자 눈을 질끈 감고 고개를 저었다. 두 번 다시 눈길을 주려고도 하지 않았다.

제주도의 기후는 그야말로 변화무쌍했다. 맑은 날이 며칠이나 계속되는가 싶더니 갑자기 하늘이 흐려지면서 한꺼번에 폭우가 쏟아졌다. 이것도 지구의 온난화 때문일까? 옛날의 제주도도 이랬던 것일까? 설아는 과거의 기억을 소환해본다.
그날 — 그날을 경계로 모든 것이 바뀌었다.
"정신 똑바로 차리고 들어라! 무슨 일이 있어도 너희 둘은 절대로 손을 놓아서는 안 된다. 어무니는 처음에 너희들을 각각 다른 배로 일본에 보내려고 생각했었어. 어부들은 부모나 형제랑 같은 배를 타는 법이 없거든. 바다는 마물이니까. 하나가 죽어도 다른 하나가 살아남을 수 있도록 그렇게 하는 거야. 하지만 너희들은 둘이서 하나다. 너희들은 절대 혼자서는 살 수가 없어!"

엄마는 두 아이에게 각각 작은 보퉁이를 건네주었다.

"이미 일본 오사카에 가서 살고 있는 삼춘(아줌마)한테 사정 얘기는 해 뒀다. 며칠만 잘 견디면 그 삼춘이 너희를 데리러 와줄 거야. 이건 그 삼춘과 만날 때 갈아입을 옷이다."

설아와 동아는 보퉁이를 풀어보았다. 기름종이에 싸인 낡은 남자아이의 옷이었다. 설아와 동아가 동시에 소리쳤다.

"남자 옷이라니, 입기 싫어!"

"애들아, 잘 들어! 다시 어무니 만나고 싶지? 아부지도 만나고 싶지? 그럼, 참아야 해!"

엄마는 일어서서 가위를 손에 쥐었다. 서로 끌어안고 몸을 떨고 있는 동아의 머리카락을 싹둑 자르더니, 그다음으로 소리조차 내지 못하고 떨고 있는 설아의 머리카락을 잘랐다.

"일본에는 이렇게 긴 머리를 한 여자애는 없어. 머리는 또 자라니까 일본에서 자리가 잡히면 그때 가서 다시 기르면 되잖아. 다 살아남기 위해서란다. 여자는 여자라는 이유만으로도 험한 꼴을 당할 수 있으니까."

엄마는 또 다른 보퉁이 하나를 내밀었다. 대통에 담은 물, 기름종이에 싼 볶은 콩과 된장이었다.

"배가 고플 거다. 배가 고프겠지만 며칠간은 아무것도 먹을 수가 없을 거야. 배가 흔들리면 뱃속의 모든 걸 다 토하게 될 거고 겨우 물이나 마시는 게 고작일 거다. 물을 마실 수 있게 되면 된장을 핥고 콩을 씹어서 먹어라. 다시 말하지만 잡은 손을 절대로 놓아서는 안 된다!"
"어무니, 어무니는 어떻게 할 건데?"
"응? 어무니는 여기서 아부지가 돌아오시기를 기다릴 거야. 그리고 너희들이 이곳으로 다시 돌아올 때를 위해 밭을 갈면서 아부지랑 둘이서 너희들을 기다릴 거야."

설아는 세차게 창문을 때리는 빗줄기를 바라보고 있다. 침대 정면의 창과 왼쪽 창. 강풍을 동반한 폭풍우는 금세 방향을 틀어버린다. 그것을 눈으로 뒤쫓고 있던 설아는 속이 울렁거려서 물을 마시려고 침대에서 내려섰다. 방바닥이 흔들리는 듯하더니 무너지듯 그 자리에 쓰러지고 말았다. 상반신을 일으켜 바닥에 엉덩이를 붙인 채로 무릎을 끌어안았다. 바닥의 냉기에 몸서리를 쳤다.

몸이 좌우로 흔들린다. 바닥에 물고기 비늘이 말라붙은 선창에서 설아와 동아는 서로 팔을 걸고 있다. 동아가 울고 있다. 설아는 동아의 등을 몇 번이나 토닥거린다. 동아의 귀에 입을 갖다 대고 "울지 말라고 했잖아. 울면 배 밖으로 쫓아낸다잖아."라고 소곤거린다. 그 말을 들은 동아는 더욱 서럽게 운다. 설아는 보퉁이를 동아의 입에다 갖다 댄다.

"우는 소리가 새어 나가면 우리는 잡히는 거야! 잡히면 어떻게 되겠어? 제주도로 보내져서 빨갱이가 도망치려 했다고 공개총살이 될 거야. 나도, 여기에 있는 사람들도 모두!"

선장의 말을 듣고 모두가 부들부들 떨었다. 비좁은 배 밑바닥에 열두 명씩이나 쑤셔 넣는 바람에 모두가 무릎을 껴안은 채 웅크리고 있었다. 며칠간만 참으라고 했다. 며칠간이면 도대체 몇 날을 말하는 것일까? 낮인지 밤인지조차 모르겠는데 배는 쉴 새 없이 요동을 치고, 선창은 체취와 토사물 그리고 지려버린 배설물의 냄새로 가득해서, 설아는 마을의 나무들에서 피어오르는 상쾌한 향기가 그리워 안고 있던 보퉁이 위로 눈물을 떨어뜨렸다. 그 '며칠간' 중에서 오늘은 며칠 째인 것일까? 웅크리고 있던 동아가 몸을 일으켜 대통의 물을 벌컥벌컥 들이켜기 시작했다.

"한 번에 다 마시면 안 된다고 어무니가 그랬잖아. 먹을 게 없어도 물만 있으면 며칠간은 살 수 있댔어. 동아야, 정신 차려!"

설아는 동아의 팔에 자기 팔을 걸었다. 배는 좌우로도 흔들리고 아래위로도 흔들렸다. 손을 잡고 있어도 금세 떨어지게 된다. 무슨 일이 있어도 둘이 붙어 있어야 한다고 엄마가 말했었다. 바다가 얼마나 크고 넓은지 나는 모른다. 그러나 조그만

배를 산산조각내려는 파도의 난폭함을 생각한다면 운다고 해도 그게 과연 밖으로 들릴까? 파도 소리에 묻히고 바람 소리에 날려 사라지겠지. 하지만 선장은 "울지 마라, 우는 소리 내지 마라!"고 했다. 그러니까 나는 이제 울지 않을 것이다.

  학교에서 돌아오는 길에 희동은 이카이노(猪飼野: 오사카에 있는 일본 최대의 재일동포 밀집 지역)의 중앙을 남북으로 흐르는 히라노 운하의 난간에서 수면을 바라보고 있다. 가까운 상점에서 켜 놓은 등불이 수면에 떠 있는 통나무들의 윤곽을 도드라져 보이게 한다. 웬만큼 추운 날이 아니면 나이가 찬 소년들이 이 통나무 위를 이리 뛰고 저리 뛰고 하다가 근처 제재소 주인에게 호통을 듣곤 했었다. 난간 위로 몸을 내밀고 갈채를 보내는 어린 소년들에게 그들은 영웅이었다. 좀 더 크면 우리도 통나무 타기를 하자고 다짐했던 군철이랑 용대랑 태홍이는 기억하고 있을까? 오늘은 아무도 보이지 않는다. 날이 저물어서 집으로 돌아간 것이겠지. 수면에는 어둠의 그림자만 짙게 드리워 있다. 시선을 집중해서 살펴봐도 아무것도 보이지 않는다. 흐르고 있는지조차도 잘 구분이 되질 않는다. 썩은 진흙이 퇴적된 이 물에서도 붕어는 잡힌다. 대나무나 막대기에 실을 동여매서 길게 늘어뜨리고 그 끝에다 지렁이를 끼워 던져 넣는 것만으로도 붕어는 낚인다. 낚은 붕어는 흙냄새가 심해 먹을 만한 것이 못 된다. 그래도 아이들은 재미로 붕어를 낚는다. 잡은 붕어는 땅바닥에 패대기쳐진다. 이런 더러운 물에서 태어나고, 낚이고, 또 죽고⋯⋯. 희동은 그 물에 침을 뱉는다.

김희동(金希東)이 가네모토 기토오(金本希東)가 되고부터 하굣길에 다른 곳으로 새는 일이 많아졌다. 자신이 같은 반 학생들과 다르다는 것을 알았다. 제주 사투리 억양의 일본어를 구사하는 어머니를 한 번도 이상하다고 생각해본 적이 없었는데, 희동의 일본어는 하루가 멀다 하고 모두의 조롱거리 표적이 되었다.

너 임마, 어느 나라 사람이야?
이 새끼 조선학교에서 왔네.
조선학교 똥통학교.
'조선, 조선, 깔보지 마라. 똑같은 밥 먹는데 뭐가 다르냐?'
(위 구호의 마지막 줄은 재일동포들이 차별하는 일본인들에게 대항해서 외쳤던 구호. 여기서는 일본인들이 역으로 이 구호를 흉내 내며 조롱하는 의미로 쓰임. 역자 주)

희동이 조선학교에 입학했던 이듬해에 '조선학교폐쇄령'이 시행되었다. 일본 아이들이 떠들어대는 것처럼 조선학교는 볼품없는 학교였지만 희동에게는 마음 편한 배움터였다. 학교에서 배운 조선 노래를 부르면 어머니의 얼굴이 활짝 피어났다. 질 낮은 종이에 인쇄된 교과서를 읽어 내려가면 어머니가 재봉틀을 멈추고서 가만히 듣고 있었다.

 그러던 어느 날, 학교로 드나드는 출입구가 무장한 경찰들에게 봉쇄되어 교문 밑으로 기어들어 가려던 희동과 친구들은 개나 고양이의 목덜미를 잡아채듯 뒷덜미를 붙잡혀 교문 밖으로 내쫓기고 말았다. 분함을 이기지 못하고 훌쩍거리며 집으로 돌아온 희동의 말을 들은 어머니는 재봉틀을 멈추고 학교로 달려갔다. 학교 앞에는 이미 많은 학부모들이 몰려들어 주먹을 치켜들고 항의를 하면서 몸으로 밀어붙여 봉쇄된 문을 돌파하려고 했지만, 무장한 경찰들은 인정사정 볼 것 없이 곤봉으로 내리쳤다. 하얗게 질린 얼굴로 집으로 돌아온 어머니는 어깨에 맺힌 시퍼런 멍 자국에 적신 수건을 갖다 대며 신음하듯 "왜놈들!", "왜놈들!"을 되풀이하고는, "희동아, 너는 열심히 공부해서 이 치욕을 왜놈들에게 되갚아 주어라. 알겠니? 오늘 일을 절대로 잊어서는 안 된다!"고 희동에게 신신당부를 했다.

 그 후 희동은 어쩔 수 없이 가까이에 있는 일본 소학교로 전학하게 되었고, 조선인이라는 것이 조롱의 대상이 된다는 것을 어린 나이에 알게 되었다.

 다리를 건너서 복잡하게 얽힌 골목길로 접어든다. 1층은 공장, 2층은 가정집이 대부분인 이 일대의 창문이란 창문은 하나같이 저마다의 소음과 냄새를 토해내고 있다. 샌들 공장에서는 갑피와 안창을 밑창에 붙이는 유기용제, 접착제 벤졸 냄새와 손가락에 들러붙은 고무풀을 떼기 위한 신나 냄새를 쉴 새 없이 배출하고 있다. 철공소 앞의 물웅덩이에는 기름막이 떠 있다.

 희동은 집 앞에 섰다. 단층 구조의 두 칸 방에 부엌이 딸린 작은 셋집은 샌들 안창으로 발 디딜 틈도 없을 것이다. 어머니는 잠을 아껴가며 재봉틀로 안창의 테두리를 박음질한다. 여동생 희영(希榮)은 삐져나온 실을 잘라내고 검사해서 치수별로 묶는다. 그러면 내가 짐자전거에 골판지상자를 싣고 다음 공정이 기다리는 동네의 다른 공장으로 배달하는 것이다. 아아! 배가 고프다. 저녁밥을 먹기 전에 배달을 해야 한다고 생각하니 진절머리가 난다. 희동은 집 앞에 우두커니 선 채 움직임이 없다. 여느 때와는 달리 요란스레 울리던 재봉틀 소리가 나지 않는다. 문을 열었다. 빨래를 너는 작은 뒤뜰에서 말소리가 난다. 뒤뜰로 나가는 문을 열었다.

 "오! 이제 왔구나. 오늘은 좀 늦은 거 아니냐? 무슨 일 있었어?"

 어머니가 조선말로 말을 건넨다. 희동은 그게 비위에 거슬린다. 희동이 일본말로 대답한다.

 "아무 일도 없었어!"

 어머니의 등 너머로 빨랫대야에 몸을 반쯤 담그고 있는 두 여자아이의 등이 보였다. 야위어 있었다.

 "어? 어떻게 된 거야? 누구?……"

희영이 주전자에 뜨거운 물을 담아서 가져왔다.

"오빠, 비켜! 냄비에 있는 물도 좀 갖다 줘!"

빨랫대야의 물은 희뿌옇게 탁해져 있고 때인지 진흙인지가 덩어리진 것처럼 떠 있었다. 어머니는 수건에 비누를 문질러서 두 아이의 등을 밀고 있었다. 씻겨 주는 내내 "괜찮아, 괜찮아."를 연발하고 있었다. 두 아이가 일어서는 바람에 희동은 황급히 그 자리를 떴다. 대야의 물을 기세 좋게 쏟아 버리는 소리가 들렸다.

둥근 앉은뱅이 밥상에 저녁밥이 차려졌다. 정어리와 푸성귀잎이 들어간 국과 보리밥, 그리고 가지무침에 김치. 희동은 국에 든 정어리를 보자 잊고 싶은 기억이 되살아나 입술을 깨물었다. 조선학교에 다니고 있던 일 년 전의 어느 날, 상급생과 함께 집단 등교를 하던 때의 일이다. 자전거를 타고 옆을 지나가던 사내가 "정어리가 물고기냐? 조선 놈이 사람이냐?"라며 고함치듯 큰 소리를 지르며 지나갔던 것이다. 나이 찬 상급생 소년이 "아저씨, 거기 서봐! 우리는 사람이야!"라며 그 자전거를 쫓아갔지만, 결국 어깨를 늘어뜨린 채 돌아왔다. 그때 보았던 그 벌겋게 달아오른 소년의 눈을 희동은 잊을 수가 없다. 어머니는 쉴 새 없이 눈앞의 두 소녀에게 제주말로 말을 붙이고 있다. 희동과 희영은 채 절반도 알아들을 수가 없다. 어머니는 일 년 전까지만 해도 대부분의 대화를 제주말로 했었지만, 희동과 희영이 일본 소학교로 옮겨 다니게 되고부터는 제주말이 섞인 일본말을 사용하고 있었다.

"애네 둘은 어무니가 살던 이웃 마을에 살고 있었단다. 희영이 옷을 버리지 않길 잘했네."

"어무니, 애들은 몇 살이야?"

"너보다는 두 살 위고, 희동이보다는 한 살 위야."

희동과 희영은 동시에 화들짝 허리를 곧추세우며 "에엥?!" 하고 놀랐다.

"제주도에서는 입에 풀칠하기도 힘들지. 게다가 지금은 끔찍한 일이 생겨서 거기서는 목숨을 부지하는 것조차도……. 며칠씩이나 흔들리는 배 밑창에서 시달리고……. 따뜻하게 잘 대해 줘라. 살만한 곳을 찾을 때까지는 당분간 여기서 머물 테니까."

"학교는 안 가?"

"애들이 갈 만한 학교가 어디에 있겠니?"

두 소녀는 서로의 손을 꼭 잡고 고개를 숙인 채 움직일 줄을 몰랐다.

"자, 자! 국 식는다. 어서 밥 먹자. 천천히 먹어야 한다. 위가 쪼그라들었을 테니까 천천히 먹어야 돼."

두 소녀에게 건네는 어머니의 말투는 따뜻했다. 그래도 희동과 희영에게는 채 절반도 알아듣기 힘든 말들이었다. 어머니가 수저를 들자 두 소녀도 수저를 들었다.

"어무니, 애네 둘은 형제야?"

"쌍둥이란다."

희동과 희영은 또다시 놀라 누가 먼저랄 것도 없이 동시에 벌떡 상체를 일으켰다.

"전혀 안 닮았는데?!"

"완전히 똑같이 생긴 쌍둥이도 있고, 하나도 닮지 않은 쌍둥이도 있다더라."

희동은 그 둘을 눈여겨 바라보았다. 보리밥을 씹을 때마다 양 볼에 보조개가 들어가는 소녀가 동아라고 했다. 희동의 시선을 느끼자 똑바로 눈을 마주쳐 왔다. 또 한 명의 소녀는 설아라고 했다. 시종 눈을 내리깔고 있었다. 국에 든 작은 전갱이를 천천히 씹어서 삼키고는 동아를 쿡 찌르며 웃었다. 외꺼풀 두 눈이 한층 가늘어졌다.

"입에는 좀 맞니?"

"어무니, 매일같이 가지 반찬은 좀 싫증 나!"

"그럼 안 먹어도 돼."

설아와 동아는 서로의 얼굴을 마주 봄과 동시에 희동을 보았다. 희동은 얼굴이 붉어지는 기운을 느끼고는 얼른 시선을 돌렸다. 동아가 "킥!" 하고 웃음을 눌러 참았다. 설아는 또 고개를 숙였다.

"오늘은 푹 쉬어라. 밖에 나가지는 말고. 내일도 그렇고, 그다음 날도 밖에 나가면 안 된다. 나쁜 놈들이 있어서 밀항해 온 사람을 경찰에 팔아넘긴단다."

"경찰에 팔아넘긴다는 게 뭔데?"

"아이고! 같은 나라 사람을 돈에 눈이 멀어서 경찰에 밀고하는 거야."

"그럼, 어떻게 돼?"

"한국으로 추방돼서 험한 꼴을 당하게 되는 거지. 그러니까 당분간은 집 안에만 있어야 해. 누가 보면 절대로 안 돼!"

어머니의 심각한 말투에 두 소녀는 입술을 깨물며 몇 번이고 고개를 끄덕였다. 어머니는 희동과 희영에게 단단히 입단속을 시켰다.

"얘네 둘이 우리 집에 와 있는 걸 아무한테도 말하면 안 된다. 친구들한테도 말하면 안 돼! 그랬다가는 우리 모두 큰일 나는 거야."

희동과 희영은 얼굴을 마주 보며 마른 침을 삼켰다.

어머니는 설거지를 희영에게 맡기고 재봉틀 앞에 앉았다. 희영이 양은 식기를 개수대로 옮겼다. 설아와 동아가 그 뒤를 따른다. 희영이 수도꼭지를 틀자 두 소녀는 환성을 질렀다. 번갈아가며 수도꼭지 가까이에 손을 가져가더니 얼굴을 마주 보았다. 희영이 시범을 보이듯 수도꼭지를 잠갔다가 또 틀었다. 물이 나온다. 둘은 교대로 수도꼭지를 잠가보고 또 틀어도 보았다. 희동은 백열등에 매달린 줄을 잡아당겼다. 온 집안이 캄캄해졌다. 다시 한번 줄을 당기자 환해졌다. 둘은 또 환성을 지르며 손뼉을 쳤다. 둘이서 줄을 당겼다가 또 한 번 당겼다. 어머니가 야단을 쳤다.

"어지간히들 해라! 장난감도 아니고."

희동은 집 앞에 세워 놓은 자기 몸집보다 큰 짐자전거를 둘에게 보여주고 싶었다. 원래 그 자전거는 배달처 사장님이 호의로 빌려준 것인데 희동은 마치 자기 분신이라도 되는 듯이 다루어 왔다. 꼼꼼하게 기름칠도 하고 바람 빠진 타이어에 얼굴이 새빨개지도록 바람을 넣었다. 타이어가 팽팽해지면 자신에게도 힘이 솟는 것 같았다. 뒤에 태우고 동네를 달리면 둘은 어떤 표정을 지을까? 둘을 함께 태우는 것은 아직 무리다. 그럼, 누구를 먼저 태울까? 보조개가 있는 동아냐, 가느다란 눈매의 설아냐! 희동의 얼굴이 불그스레해졌.

설아와 동아가 집에 오고 나서 일주일이 지났다.

동아는 부엌의 모든 것들이 신기했다. 먼저, 수도꼭지를 틀면 물이 나오는 수도에 마음을 빼앗겼다. 식기를 씻는 수세미의 냄새를 맡아보기도 하고, 세탁비누를 손에 들고 거품을 일으켜보기도 했다. 희영에게 손짓 발짓으로 쓰임새를 배우자 설거지를 하고 빨래를 하고 걸레로 집안 전체를 닦아냈다. 먼지를 덮어쓰고 있던 꾀죄죄한 작은 셋집의 구석구석이 몰라볼 만큼 깨끗해졌다.

설아는 재봉틀에 마음을 빼앗겼다. 재봉틀 바늘이 신발 안창의 테두리를 균일하게 감쳐가는 모습을 질리지도 않고 바라보았다. 희영이 마무리를 위한 작업에 들어갈라치면 옆에 착 달라붙어서 희영의 손에서 눈을 떼지 않았다. 테두리를 삐져나온 실을 손가위로 자른다. 사이즈에 맞추어 정리를 한다. 거실에 흩어져 있는 안창을 정확히 정리해서 골판지상자에 담는다. 발 디딜 틈 없었던 거실에 공간이 생겼다.

희영은 기뻤다. 학교가 파하면 친구들과 놀 수가 있었다. 집에 돌아오자마자 숙제는 뒷전이고 손가위를 쥐어야만 하는 생활에 넌더리를 내고 있던 참이었다. '다른 집에 태어났으면 좋았을 걸…….' 하는 생각을 한 적도 있었다. 그런데 갑자기 언니가 둘이나 생긴 것이다. 한 명은 부엌일을 도와주고 또 한 명은 가업을 도와준다. 시간이 나서 친구들과 놀 수 있게 된 것도 기뻤지만, 집에 언니가 둘씩이나 기다리고 있다고 생각하니 집으로 돌아가는 발걸음이 한결 가벼워졌다.

희동은 좀 불편했다. 현관문을 열면 신발들이 가지런히 놓여 있다. 집안 구석에 뭉쳐져 있던 빨랫감들이 깔끔히 세탁되어 빨랫장대에 널려 있다. 재래식 변소 구석구석의 거미줄까지 걷어 내져 있었다. 좁은 집 그 어디에 있더라도 보조개 동아와 실눈 설아의 시선을 항상 의식하고 있었다.

두 소녀는 희영에게 구두로 일본어를 배우고 있었다. '아리가토오', '스미마셍', '고멘나사이', '오하요오', '곤니치와', '곰방와', '사요나라'. 어머니는 때때로 재봉틀을 돌리던 손을 멈추고 제주말로 그 뜻을 일러 주었다. 희동이 학교에서 돌아와 현관문을 열면 "옥카에리!"(어서 와요) 하고 둘의 목소리가 맨 먼저 마중을 나왔다. 허둥지둥 운동화를 벗어 던지고 집안으로 들어서면 설아가 곧바로 신발을 정돈했다. 동아가 희동 대신에 "닷타이마!"(잘 다녀왔습니다)라고 해서 모두가 웃기도 했다. 두 소녀는 웬만큼 일본어가 능숙해지면 밖에 나갈 수 있다는 어머니의 말에 용기를 얻어서 열심히 일본어를 배우려 노력하고 있었다.

저녁밥을 먹고 설거지를 하려는 동아와 재봉 마무리 작업을 시작하려는 설아를 어머니가 말리며 말했다.

"너희를 데리러 곧 사람이 올 거야."

어머니는 둘에게 작은 보퉁이를 건넸다.

"새 옷도 한 벌 사 주질 못했구나. 이건 희영이가 입던 옷이다. 깨끗이 빨고 떨어진 곳도 잘 기워 놓았으니 입으렴."

둘은 그 사정을 헤아리고 있었으리라. 고개를 아래위로 크게 끄덕였다.

"어딜 가는데? 싫어! 여기서 살자. 쭉 함께 살자!"

희영이 울었다. 설아와 동아는 자기보다도 큰 희영의 어깨를 안고 눈물을 글썽였다. 현관문이 열렸다. 설아는 공업용 재봉틀 열 몇 대가 굉음을 울리며 돌아가는 공장에서 기숙하는 형태로 일하게 되었다. "아리갓토오, 사요나라."(고맙습니다. 안녕히 계세요) 설아는 중얼거리듯 작은 소리를 남기고 데리러 온 아줌마 뒤를 따라 처음으로 밖으로 나갔다.

동아는 대중식당에서 일하게 되었다. 시간에 쫓기며 일하는 그 근방 노동자들의 배를 채워 주는 작은 식당이었다. 손님은 거의 동포들이었는데 밤낮을 가리지 않고 북적대고 있었다. "아리갓토오, 사요나라." 보퉁이를 손에 들고 식당 아주머니를 따라 밖으로 나간 동아는 자전거 옆에 서 있는 희동의 귓가에 대고 제주말로 속삭였다.

"앞으론 누나라고 해!"

희동은 골목 안으로 멀어져 가는 동아의 모습을 눈으로 따라가면서 동아가 남긴 말을 몇 번이고 되새겼다. 이제부터는 누나라고 부르라는 동아의 제주말을 겨우 이해한 희동은 괜스레 손으로 자전거 짐받이만 만지작거렸다.

2장

바람에게 묻다

"탁!" 하는 소리가 났다.

이어서 또 "탁, 타닥!" 하는 소리가 났다.

바람이 거세게 불어대는 밤이었다. 밭에 있는 작은 돌들이 강풍에 휩쓸려 튀어 올라 지면에 떨어지는 소리일 것이라고 선희(善姬)는 생각했다. 이불을 끌어당겨 다시 잠을 청하려 했다. 겨울이 오기 전에 어떻게든 솜을 구해서 설아와 동아가 덮는 이불을 더 두툼하게 해줘야겠다고 생각하면서 잠들려 했다.

"탁!"

선희는 잠자리에서 빠져나와 토방으로 향했다. 입구의 문이 바람에 울고 있었다. 선희는 문 앞에서 소리를 죽였다.

"탁!"

"누구세요?"

"나야, 천기(千基)!"

입구에 질러놓은 작대기를 빼내고 문을 연 선희는 나뭇가지처럼 야윈 천기의 손을 당겨 들인 다음 손을 뒤로 하여 냉큼 문을 닫았다.

묻고 싶은 이야기는 엄청나게 많았지만, 그보다도 몸을 붙여 안고 싶었다.

천기의 눈은 퀭하니 들어가 있고 손으로 등을 더듬으니 등뼈의 마디마디를 셀 수 있을 정도였다. 때와 땀으로 찌든 남편의 몸에서 나는 체취. 조금만 더 시간이 있으면 아궁이에 불을 지피고 물을 데워서 남편 몸을 구석구석 씻긴 다음에 햇살의 향기가 나는 옷으로 갈아입혀 산으로 보내주고 싶었다. 조금만 더 시간이 있으면 아궁이에 불을 지펴 잡곡밥을 짓고 뜨거운 국을 끓이고 말린 생선을 구워서 굶주린 남편의 배를 넉넉히 채워 주고 싶었다. 하지만 곧 날이 밝는다.

선희는 가마솥 밑바닥에 달라붙어 있는 잡곡밥에 물을 붓고 아궁이의 잔불에 마른 가지를 넣어 불을 피웠다. 천기가 그것을 후루룩 마시고 있는 동안 독 안을 살폈다. 독에 저장하고 있던 보리고 좁쌀이고 기장이고 된장이고 무엇이든 바닥을 긁을 만큼 퍼냈다. 선희는 며칠 먹을 것만 남기고 재빨리 자루에 넣어 갈아입을 옷과 함께 보따리를 꾸렸다. 천기는 등을 맞대고 자고 있는 설아와 동아의 곁에 앉아 두 아이의 자는 얼굴을 빤히 내려다보고 있었다. 선희는 보따리를 손에 들고 일어선 천기의 허리를 껴안고 천기의 체취를 가슴속 깊이 들이마셨다. 그리고는 손을 풀고 두 손으로 천기의 등을 떠밀었다.

"자, 어서 가! 날이 새고 있어!"

천기는 몇 번이나 고개를 끄덕이고는 한 번도 뒤돌아보는 일 없이 산으로 향했다.

선희는 어둠 속을 뚫어져라 쳐다보고 있었다. 짙은 어둠이 차츰 옅어지면서 밭의 경계를 나누는 돌담의 윤곽이 또렷해지고 있었다. 더불어 눈에 들어오는 감나무 이파리를 한 장 한 장 헤아린다.

"어무니, 어젯밤에 아부지 왔었어?"

선희는 놀라서 뒤를 돌아다보았다. 설아가 눈을 비비며 서 있었다.

"아냐. 그런 걸 왜 묻니?"

"아부지 냄새가 나는걸."

"아부지 냄새라니, 어떤 냄새지?"

"응… 냄새가 나. 숨이 막힐 만큼 지독한 냄새야."

"동아가 방구를 낀 게 아닐까?"

"그렇구나, 그건 동아 방구 냄새였구나!"

"아직 아침 먹으려면 더 있어야 되니까 좀 더 자거라."

설아는 동아가 자고 있는 이불 속으로 파고들더니 이내 새근새근 숨소리를 내기 시작했다. 선희는 아궁이의 재를 긁어내고 마른 가지를 넣었다. 잔불이 남아 있었는지 곧 불이 붙었다.

천기는 손끝이 야무졌다. 밭일을 마치면 작은 손도끼를 들고 산에 올라 나무를 휘감은 담쟁이덩굴이나 대숲을 헤치고 들어가 대나무를 잘라서 가지고 왔다. 담쟁이덩굴은 말려서 소쿠리나 바구니를 만들었다. 대나무는 허물어진 집을 보수하는 데 쓸모가 있었다. 쓰러진 나무를 밧줄로 동여매서 집으로 가져온 적도 있었다. 천기는 저녁을 먹은 후 며칠을 걸려 통나무로 작은 밥상을 만들었다. 선희는 집 안에 감도는 나무 향기를 맡으면서 남편을 믿음직스러워했고 설아와 동아는 그런 아버지가 자랑스러웠다.

천기의 손재주는 소문이 나서 마을 사람들로부터 집수리를 부탁받는 일이 자주 있었다. 저녁 식사를 마친 천기가 목공용 도구가 든 자루를 둘러메면 설아와 동아는 손뼉을 치며 좋아했다. 현금 수입이 부족한 농가에서는 집수리의 답례로 현금 대신에 다른 무엇인가를 챙겨주기 때문이었다.

마을 사람들은 저마다 누구네 밭에 무엇이 심어져 있는지를 훤히 알고 있었다. 천기가 또 하나의 자루를 메고 돌아오기를 설아와 동아는 물론 선희도 기대하고 있었다. 천기가 토방에서 갈중이(갈옷. 풋감으로 물들인 제주도의 노동복)의 먼지를 털어내고 조용히 자루를 내려놓으면 설아와 동아가 자루에 묶인 끈을 풀고 그 안의 내용물을 꺼낸다. 그것은 감자일 때도 있고 곶감일 때도 있고 말린 고사리일 때도 있었다. 때로는 산마을에서 구하기 힘든 말린 생선도 있었다. 그럴 때는 선희가 손뼉을 치며 기뻐했다. 천기가 자루를 천천히 내려놓는 날은 여지없이 작은 항아리에 담근 탁주가 그 안에 들어 있었다.

그날 밤도 세 사람은 천기가 돌아오기를 기다리고 있었다. "아부지, 아직이야?" 몇 번이나 묻는 두 아이를 꾸짖어 잠재운 선희는 남편의 귀가가 평소보다 늦어짐에 불안을 느껴 여러 차례 밖으로 나가서 칠흑 같은 어둠 속으로 밭두렁을 주시하고 있었다. 이윽고 희미한 사람 그림자가 이쪽을 향해 다가

오고 있는 것이 보였다. 어깨에 둘러멘 자루 같은 것도 보였다. 선희는 잔달음질로 다가갔다.

"아, 자고 있지 왜 나와?"

"응, 괜히 신경이 쓰여서……."

 천기가 메고 있던 것은 목수 도구가 든 자루뿐이었다. 집으로 들어가자 천기는 선희의 손을 이끌고 토방 옆에 있는 고방으로 데리고 갔다. 싸늘한 독에 등을 기대게 하고 천기는 선희의 손을 잡았다. 오래간만의 일이었기에 선희가 얼굴을 붉혔다. 하지만 "이런 곳에서…."라고 말을 꺼내던 선희는 평소와는 달리 남편의 눈이 험악하다는 것을 느꼈다. 그것을 할 때의 남편 눈이 아니었다. 남편은 그날 밤 품삯 대신에 소름이 돋는 끔찍한 이야기를 가지고 돌아왔던 것이다.

 "오래전부터 박 씨네 집 마루가 삐꺽거려서 불편하다고 하길래 고쳐 주러 갔었어. 마루 일부가 썩어서 들어내고 준비해 준 널빤지를 치수에 따라 잘라서 끼워 넣고, 뭐 그리 힘든 일은 아니었어. 저녁밥을 차려 주길래 난 먹고 왔다고 사양했지만 그러지 말라며 권하는 대로 막걸리를 받아 마셨고……. 그런데 평소에 그렇게 말하기를 좋아하던 박 씨가 그냥 아무 말 없이 술만 들이켜고 있는 거야! 오늘따라 안사람도 보이질 않더라고. 근데 통시 갈라고 밖으로 나서려는데 아, 글쎄 안방에서 신음 소리가 들리는 거지 뭐야! 그래서 살짝 가서 봤더니 그 집 자랑거리인 아들내미가 바닥에 엎드려 있더라고."

"아들이라면 오현중학교에 다니는 그 아이?"

"맞아, 그 아이야. 상반신이 온통 멍투성이라, 걔 어멍이 수건을 물에 적셔 계속해서 식혀 주고 있었어. 수건이 닿을 때마다 아파서 신음 소리를 내고 있었던 거지."

"무슨 일이 있었던 거지? 싸움 같은 건 할 애가 아닌데…."

"소문이 사실이었어. 처음엔 너무 끔찍한 얘기라서 좀 과장됐을 거라고 생각했었는데, 실제로 그 아이의 피멍으로 가득한 등짝을 보니까 난 진저리가 쳐지더라. 말라빠진 그 아이의 등짝이 퉁퉁 부어올라 거무칙칙했어. 그건 필시 손으로 때린 게 아니야. 곤봉인가 뭔가로 마구잡이로 두들겨 팬 자국이야. 난 통시 가려던 것도 잊어버리고 박 씨에게 물어봤지."

"박 씨가 뭐라던데?"

"그 쾌활한 박 씨가 글쎄 울음을 터뜨리는 거야. 어깨를 들썩이면서 말이야. 내가 등을 쓰다듬어 주니까 겨우 울음을 그쳤지. 어제 저지지서에서 경찰이 와서 아이를 데려가라고 했대. 집 앞에 지프차가 서 있었고. 박 씨도 소문은 듣고 있었지. 경찰에서 부르면 집 안에 값나가는 물건이나 그런 게 없으면 없는 대로 뭐라도 들고 가야 된다고. 그래서 담배 세 갑이랑 꿀을 들고 갔대. 지서에 도착해서 아들이 어디에 있느냐고 물으니까 담당 경찰관이 대답도 안 하고 히죽히죽 웃기만 하더래. 그래서 담배 세 갑을 내놓고는 '이 가난한 애비를 한 번만 봐주십시오!' 하고 머리를 조아렸다지. '우리 아이가 무슨 잘못을 했는지 가르쳐 주시면 자식 놈의 썩어빠진 근성을 제가 확 뜯어고쳐 놓겠습니다요!' 하면서 몇 번이고 머리를 조아린 끝에 간신히 죄목을 들을 수가 있었대."

"그 애가 도대체 무슨 잘못을 저지른 건데?"

"걔가 오현중학교에 다니잖아. 제주시에는 제주여중, 농업학교, 오현중, 제주중학교가 있잖아. 이들 학교에 다니고 있는 학생들이 모여서 독서회를 열었대."

"독서회라는 게 뭘 하는 덴데?"

"아, 글쎄 거기서 빨갱이 책을 읽고 있었다는 거야!"

"빨갱이라면 폭도를 말하는 거야? 아이고!……"

"하지만 이런 산골에서 오현중학교까지 다니는 게 힘드니까 박 씨가 같은 처지의 다른 아방('아버지'의 제주말)과 돈을 모아서 학교 근처에 작은 방 하나를 얻었던 거지. 아직 나이도 안 찬 사내아이 둘이서 서로 도와가며 밥도 해 먹고 빨래도 하면서 학교를 다녔던 거야. 그것만으로도 벅찼을 텐데 독서회 같은 데에 나갈 여력이 있을 리 없지."

"그건 그래. 근데 경찰에는 왜 잡혀간 거야?"

"독서회에 나갔던 학생이 붙잡혀서 끔찍한 꼴을 당한 끝에 독서회에 나왔던 친구들의 이름을 불으라고 닦달하니까 그 와중에 박 씨 아들 이름이 나온 것 같아. 박 씨 아들은 독서회에 나간 적이 없으니까 조사를 받아도 금방 풀려날 거라고 생각했대."

"아이고오!……"

"또 한 놈은 오늘 밤이 고비라는구먼."

"아이고오!……"

"여보, 잘 들어봐! 경찰이 말하는 걸 믿으면 안 돼. 자기 몸은 자기가 지켜야지. 박 씨는 아들을 만나게 해달라고 사정사정했지만, 경찰은 실실 웃고만 있었대. 그래서 벌꿀을 내놨다지. '가난한 살림살이라서 이런 것밖에 드릴 게 없습니다. 이런 불쌍한 애비를 봐서라도 제발, 제발!' 하면서 그렇게 계속 머리를 조아렸대. 그랬더니 얼마 후에 경찰이 아들을 등에 업고 나오더래. 아들을 넘겨받아 숨이 붙어 있는 걸 확인하고는 그길로 얼른 들쳐서 업고 지서를 빠져나왔대."

"저지에서 우리 마을까지는 엄청난 거린데?"

"그렇지. 업힌 아들이 콜록거릴 때마다 피를 토했대. 뜨뜻미지근한 피가 박 씨의 등을 적셨다는 거야. 박 씨는 아들이 죽더라도 제발 집에서 죽게 하고 싶다고 생각했대. 힘에 부쳐서 몇 번이나 길바닥에 주저앉을 때마다 아들 숨이 붙어 있는지를 확인하면서 다시 업고 숨이 끊어질 듯 가쁘게 마을을 향해 가고 있는데 경찰 지프차가 와서 옆에 서더래. 박 씨 큰딸이 경찰과 결혼한 거 알고 있지?"

"아아, 그 예쁘장한 딸 말이지? 경찰하고 결혼하기 싫다고 도망 다녔다더니 결국 지쳐서 포기하고 억지로 결혼했는데 지금은 그냥저냥 살고 있다고 들었어."

"그 사위가 지프차에서 내리더니 '장인어른!' 하고 불러서는 둘을 지프차에 태우고 마을까지 데려다줬대."

"어머! 그런 일이 있었구나!"

"그 사위가 말하길, '제가 태워드린 일은 비밀로 해 주세요. 처남 일도 입 밖에 내지 마시고요.' 하더래. 그리고……."

"그리고?…… 그다음엔 뭔데?"

"'하루라도 빨리 마을을 떠나세요. 경찰이 하는 말은 믿지 마시고요. 제가 말씀드릴 수 있는 건 이것뿐입니다.'라고 하고는 머리를 땅에 닿을 듯 숙이더니 붙잡는 것도 뿌리치고 그냥 돌아가 버리더래……."

두 사람은 무릎을 끌어안은 채 줄곧 입을 다물고 있더니 갑자기 선희가 벌떡 일어서서 고방의 마룻바닥을 살펴보기 시작했다.

"이봐, 왜 그래? 뭘 하는 거야?"

"몸을 숨길 곳을 만들어야 해. 샘터에서 사람들을 다른 곳으로 보낸다는 '소개'(疏開. 공습이나 재난에 대비하여 집중된 주민이나 시설물 등을 분산시킴) 얘길 들었어. 군경들한테 내몰려서 바닷가 마을로 소개한 사람들이 어떻게 됐는지……. 소문이 진짜였네! 아무 죄도 없는 사람을 죽일 리는 없을 거라고만 생각하고 있었는데, 아이고오!…… 박 씨네 사위가 빨리 마을을 떠나라고, 경찰이 하는 말을 믿지 말라고 했다잖아. 빨리 그놈들이 들이닥치기 전에 서둘러 몸을 숨길 곳을 만들어야 돼! 그놈들에게 발견되면 끝장이야!"

　고방 안쪽은 밭으로 통해 있었다. 경찰이나 토벌대가 큰 독 안에 누군가 숨어 있지 않을까 해서 총을 난사할 수는 있어도, 일부러 마룻바닥을 뜯어내지는 않을 거라는 것이 선희의 주장이었다. 자신들은 아무런 나쁜 짓도 하지 않았으니까 잡혀갈 일은 없을 거라고 둘은 생각했었지만, 이런저런 소문을 듣다 보니까 육지(제주도에서는 본토 쪽을 이렇게 부름)에서 온 서북청년회 놈들과 경찰들은 정말로 제주도 사람들을 죽이려고 한다는 것을 깨달았던 것이다.

　무슨 수를 써서라도 두 딸을 지켜내야 한다! 밭쪽으로 가까운 마룻바닥을 뜯어내고 괭이와 손도끼로 흙을 긁어냈다. 흙은 빈 독에 담았다. 좀 더 깊이 파지 않으면 쪄 죽는다. 뒷밭으로 나가는 통로도 파야 한다. 곧 날이 밝을 것이다. 안개가 자욱이 깔린다. 돌담이랑 밭두렁 길도 시야에서 덮어버린 짙은 안개였다. 둘은 안개 속에서 한껏 허리를 폈다. 놈들은 어둠을 두려워한다. 날이 밝더라도 도무지 시야가 트이지 않는 이 안개 속으로 놈들이 오지는 않을 것이다. 시간을 벌 수 있다. 두 사람은 진흙투성이가 된 얼굴을 마주 봄과 동시에 깊은 한숨을 내뱉었다. 안개 속에 작은 빗방울 입자가 섞여 있었다. 그것이 조금씩 모양을 갖추더니 가랑비로 바뀌었다. 둘은 그 비를 얼굴로 받았다. 시간을 벌 수 있다. 놈들이 이런 비 오는 날 마을을 덮치지는 않을 것이다. 초가집에 불을 지르면 순식간에 집이 홀랑 타버리는 맑은 날이 계속되는 시기를 택할 것이다. 마침내 본격적으로 비가 쏟아지기 시작했다. "여보, 밥 먹자!" 천기가 가쁜 숨을 몰아쉬며 말했다.

 가을장마가 계속됐다. 드디어 네 식구가 몸을 숨길 수 있는 구덩이가 완성되었다. 놈들이 오면 즉시 여기에 숨도록 두 딸에게도 단단히 일러두었다. 갈아입을 옷 몇 벌과 며칠 분의 식량도 구덩이에 숨겨 두었다. 우선은 마음을 놓았지만, 가을장마는 수확을 코앞에 둔 작물들을 망쳐 놓고 말았다. 밭은 진창이 되어버렸고, 이미 뿌리가 썩어서 쓰러진 조 이삭들을 살펴보며 선희는 눈물을 흘렸다. 간신히 목숨을 부지하면서 근근이 삶을 버텨내고 있는데 부처님은 왜 이리도 번번이……. 선희는 쓰러진 조 이삭을 뿌리째 뽑아 허공으로 내던졌다.

 "우리 마나님께서 심사가 편치 않으시구먼?"

 천기가 볕에 그을린 얼굴로 빙긋이 웃으며 다가왔다. 선희는 우는 얼굴을 보여주는 것이 부끄러워 고개를 옆으로 돌렸다. 천기는 선희의 허리를 안아서 끌어당겼다. 천기의 손이 옷깃 사이로 미끄러져 들어가 젖가슴을 움켜쥐었다. 선희는 몸을 틀어 빠져나와 뽑아낸 조 이삭으로 몇 번이나 천기를 때렸다. 천기는 선희의 양팔을 잡아서 틀어 올리고 돌담으로 몰아붙였다. 치마를 걷어 올리고는 단숨에 그것을 밀어 넣었다. 천기가 허리를 밀어 움직일 때마다 선희의 다리가 진창으로 빠져들었다. 선희의 신음 소리가 저도 모르게 돌담

틈새로 새어 나왔다. 이윽고 딴 몸이 된 두 사람은 서로의 얼굴에 달라붙어 있는 노란 좁쌀을 보고 그만 웃음을 터뜨리고 말았다.

"자, 집에 가서 씻어내자."

천기가 선희를 안아 일으키며 말했다.

산 능선을 빨갛게 물들이며 석양이 가라앉는다. 안쪽으로 굽어든 바다가 커다란 붓으로 찍어 눌러 단숨에 칠해 놓은 듯 검붉게 빛나고 있다. 앞바다에 고기잡이불이 보이질 않는다. 새까만 바다 위에 금가루를 뿌려 놓은 듯한 고기잡이불은 한동안 보지 못했다. 이웃 마을에 가는 데에도 통행증이 필요하다. 바다도 봉쇄되었다.

선희는 잎채소를 담은 소쿠리를 안고 멍하니 바다를 쳐다보고 있었다. 이제 곧 해가 진다. 빨리 집으로 가야 한다. 하지만 마음과는 정반대로 다리가 움직여 주지를 않는다. 오늘도 무사히 하루가 흘렀다. 하지만 내일은? 이 바다만 없다면, 여기가 육지와 이어져 있다면, 난 무슨 짓을 해서라도 여기를 빠져나갈 것이다. 천기와 함께 두 딸의 손을 잡고 산을 넘고 숲을 지나 맘 편히 숨 쉴 수 있는 안전한 곳으로 달아날 것이다. 내가 '설문대할망'(제주도를 창조했다는 신화 속의 여신. 몸은 한라산보다 크고 깊은 바다조차도 무릎 아래였다는 거인)이라면 이 섬을 둘러싼 바닷물을 한 방울도 남김없이 전부 마셔줄 텐데. 이 바다가 가로막고 있어서, 여기가 섬이라서 도망갈 곳이 없다. 운을 하늘에 맡길 뿐이다. 목숨은 붙어 있다지만 없는 거나 마찬가지다. 선희는 아이처럼 발을 동동 구르며 울부짖고 싶었다. 선희는 허리를 굽혀 가까이에 있는 돌을 주워서 어둑어둑해진 밭 너머로 몇 번이고 내던졌다. "악!" 하는 소리가 났다. 천기가 손으로 어깨를 누르며 나타났다.

"우리 마나님이 너무 사나워서 안 되겠네. 설아와 동아가 새끼 제비처럼 입을 크게 벌리고 기다리고 있어. 지슬('감자'의 제주 말) 쪄 놨어. 물도 끓여 놨고. 가자!"

천기가 선희의 손을 잡았다. 뼈마디가 거칠어진 천기의 큰 손에 이끌린 선희는 마음이 놓이는 대신 알 수 없는 불안이 발끝에서부터 온몸을 휘감는 듯한 생각이 들어 몸을 떨었다. 선희는 걸음을 멈추고 잡고 있던 손을 빼내 그 손으로 천기의 하반신을 더듬었다. 두 사람의 거친 숨결과 함께 천기의 그것이 형태를 잡아가며 맥박을 치기 시작했다. 천기가 팽나무 둥치에 허리를 걸치자 선희가 그 위로 깊숙이 몸을 가라앉혔다.

"나 무서워……."
"그래. 나도 두려워……."
"오늘은 무사히 넘겼다지만 내일은 또 어떻게 될까?"
"아아!……"
"이렇게라도 하지 않으면 정말 돌아버릴 것 같아!"

"아아!……"

 두 사람의 대화가 끊어지고 둘은 서로의 몸을 격렬하게 부딪쳐 갔다. 천기의 얼굴에 뜨거운 물방울이 떨어졌다. 선희가 터지려는 오열을 억누르며 울고 있었다.

 요의를 느낀 선희는 동이 트기 전에 눈을 떴다. 앞마당 한쪽에 있는 뒷간으로 가서 볼일을 보았다. 새벽 공기에 겨울 기운이 스며 있었다. 아궁이에 불을 지펴 놔야겠다고 생각해서 마당에 있는 마른 가지를 가지러 갔다가 무심코 아랫마을 쪽을 바라보았다. 흰 연기가 옆으로 길게 흐르고 있다. 아침밥을 하기에는 아직 이른 시간이었다. 연기는 한두 줄기가 아니라 아랫마을 전체를 덮어버릴 듯이 자욱했다. 이윽고 흰 연기에 벌건 불꽃이 섞이고 그것이 눈 깜짝할 사이에 아랫마을을 뒤덮기 시작했다.
"여보! 일어나! 설아야! 동아야! 일어나!"
 집 안으로 뛰어든 선희의 서슬에 놀라 모두가 마당으로 나가 아랫마을을 바라보았다. 천기는 대통에 항아리의 물을 담고 선희는 어젯밤 쪄 놓았던 고구마를 두 딸에게 들게 했다. 고방의 마룻바닥을 뜯어내고 먼저 두 딸을 피신시켰다. 이어서 선희가 구덩이 속으로 들어가고 천기가 뒤를 이었다.
 "괜찮아. 이런 일은 오래가지 않을 거야." 천기가 딸들에게 말했다. 네 사람은 들쥐처럼 몸을 떨며 바싹 붙어 있었다. "무슨 일이 있어도 소리를 내선 안 된다!" 선희가 아이들에게 다짐을 두었다.

발걸음이 다가오고 있었다. 집안 곳곳을 돌아다니며 난폭하게 문을 여닫는 소리가 들린다. "대나무다! 여기, 대나무가 있어! 이 집은 폭도의 집이다!" 요란하게 외쳐대는 소리가 났다. 토방에 세워 놓았던 몇 개의 대나무는 천기가 언젠가 닭장을 만들려고 준비해 두었던 것이다. 그것으로 무장봉기대의 무기인 죽창을 만드는 것이라고 간주를 한 모양이었다. "불을 질러라! 놈들의 행방을 찾아라!" 머리 위로 들리는 둔탁한 발자국 소리에 넷은 몸이 얼어붙은 채로 견뎌내고 있었다. "퍽!" 독이 깨지는 소리가 났다. "펑! 펑! 펑!" 불이 붙은 대나무가 터지며 쪼개지는 소리가 나더니 이윽고 잠잠해졌다.

천기가 상황을 살피려고 머리 위쪽의 마룻바닥으로 손을 뻗었다. 선희가 극구 말렸다.

"저놈들은 우리가 나오기를 기다리고 있는 거야. 그때를 노려서 쏴 죽일 생각인 거야. 샘터에서 그런 얘길 들었어. 분명 집 주위를 둘러싸고 기다리고 있을 거야. 밤이 될 때까지 여기서 꼼짝 말고 있자!"

"어무니……."

동아가 기어들어가는 목소리로 불렀다.

"오줌 마려워."

"그냥 여기다 싸."

"에이, 그래도……."
"죽고 싶지 않으면 여기서 싸! 내가 나중에 씻겨 줄 테니까."
"어무니, 나도 오줌……."

 설아도 작은 소리로 말했다. 뜨뜻미지근한 것이 네 사람의 엉덩이를 적셨다. 두 딸이 울음을 터뜨렸다.
"이깟 일로 울면 못써! 소리 내지 말라고 했잖아!"
 목소리를 낮추어 선희가 말했다.
"괜찮다, 괜찮아." 천기가 말했다.

 몸을 움직이는 것조차 마음대로 되지 않는 구덩이 속에서 넷은 조금씩 나누어 대통의 물을 마시고 고구마를 씹으며 긴 시간을 견뎠다.
"자, 이제 밤이 됐을 거야. 별이 떴을 거야." 선희가 말했다.
"밖에 나가보지도 않고 그걸 어떻게 알 수 있지?" 천기가 물었다.
"배꼽시계로 알 수 있는 거지." 선희가 답했다.

 고방 마룻바닥을 밀어 올리고 천기가 머리만 내밀어 바깥의 동정을 살폈다.
"정말 해도 너무하네! 너무해!" 천기가 중얼거렸다.

 문은 빠개지고 장독은 박살이 나고 이불은 짓밟혀서 진흙 범벅이 되어 있었다.
"집이 남아난 것만 해도 고마울 정도네!" 선희가 비아냥거리듯 말했다.

불이 붙었던 대나무는 새까맣게 그슬려서 토방에 나뒹굴고 있었다. 불은 돌과 진흙으로 만들어진 토방 벽을 그슬렸을 뿐 다행히 더 이상 번지지는 않았다.

　"산에 가서 대나무를 잘라다가 집수리를 해야겠어." 천기가 말했다.

　"아냐. 아니라고! 당신 여기 좀 앉아봐!" 선희가 말했다.

　"그놈들이 말하는 걸 분명히 들었어. 여기는 폭도의 집이라고. 그놈들은 또 이리로 몰려올 거야. 도망가! 지금 당장! 배를 가득 채워서 산으로 보내고 싶지만, 물독도 깨져버렸어. 새벽녘에 놈들이 다시 올 거야!"

　선희는 일어나서 천기의 옷가지를 싸고 솥 바닥에 남아 있던 잡곡밥을 소금으로 뭉쳐서 천기에게 건넸다.

　"이런 끔찍한 일은 그리 오래가지 않는다고 당신이 늘 말했잖아. 그러니까 도망쳐! 헛되게 죽임을 당하는 건 내가 용납하지 않을 거야. 난 여기서 기다릴게. 당신이 돌아오길 이 집에서 기다리고 있을게!"

　선희는 천기를 억지로 일으켜 세워 두 팔로 있는 힘껏 안아준 다음 마당으로 밀쳐냈다.

　"자, 어서 가! 빨리!"

　오후로 접어들면서 내리기 시작한 비가 저녁 무렵에는 진눈깨비를 섞은 눈으로 바뀌었다. 눈은 바람에 휘날려 쌓이지는 않지만 찬 공기를 몰고 와 살을 에는 듯한 한기가 마을을 뒤덮었다. 아직 날이 밝기까지는 얼마간의 짬을 둔 시간에 토벌대 일개 연대가 마을을 포위했다. 그들은 흩어져서 집집마다 문을 두들겼다. 무슨 일인가 화들짝 놀라서 문을 연 사람들에게 무장한 군경들이 소리쳤다.

"지금 즉시 국민학교 운동장으로 집합하라! 한 명이라도 빠지는 놈이 있으면 가만두지 않겠다!"

내쫓기듯 운동장에 모인 마을 사람들은 아직 어스름한 새벽녘의 어둠 속에서 서로 얼굴을 마주 보며 추위와 이루 말할 수 없는 공포와 불안에 몸을 떨었다. 윤호는 할머니의 손을 잡고 있었고, 그의 아버지 원수는 두 사람의 얼굴을 보면서 몇 번이고 고개를 끄덕여 보였다. 윤호가 운동장에 있는 돌 위에 앉았다. 할머니가 목소리를 낮추어 말했다.

"일어나! 그런 데 앉으면 안 돼!"

"엉덩이가 차갑단 말이야!" 윤호가 대답했다.

할머니는 윤호의 엉덩이 밑에 있던 돌을 치우게 했다.

"덩치가 커 보이면 험한 꼴을 보게 되는 거야. 이웃 마을 성창이 얘기 들었지? 아직 국민학교 5학년인데도 덩치가 크니까 폭도들의 앞잡이라고 트집을 잡혀서 무참하게 죽었다는 얘기 말이다."

할머니는 윤호를 당겨서 끌어안았다.

"잘 들어! 얼굴을 들면 안 돼. 그대로 꼼짝 말고 있어!"

2장. 바람에게 묻다

"할무니, 난 다른 애들보다 키가 훨씬 작으니까 괜찮을 거야." 할머니는 뼈가 앙상한 손으로 윤호의 머리를 쓰다듬었다.
"눈을 감아라!" 큰 소리가 울렸다.
"입 다물엇!"
서릿발이 삐죽삐죽 솟아난 땅바닥에 앉아 있던 마을 사람들은 일제히 입을 다물고 눈을 감았다. 발소리가 난다. 발소리가 멈춘다. 마을 사람들 가운데 누군가가 끌려나가 대열 밖으로 밀려났다. 무슨 일인가 싶어서 고개를 들어 둘레둘레 살피던 마을 사람은 개머리판에 맞아 피를 흘렸다. 공포와 발밑에서 올라오는 한기에 윤호는 "드드드드…." 이빨을 부딪으며 떨고 있었다. 윤호는 할머니의 야윈 가슴팍에 얼굴을 묻고 두 눈을 질끈 감았다. 할머니의 심장이 세차게 방망이질 치고 있었다. 할머니 옆에 앉아 있던 아버지의 손이 할머니를 스치면서 윤호의 머리를 쓰다듬었다. 실눈을 뜬 윤호는 대열 밖으로 밀려나는 아버지의 발목에 손을 댔다. 몸을 일으키려던 윤호를 할머니는 있는 힘을 다해 주저앉혔다.
"움직이지 마! 눈 뜨면 안 돼!"
트럭에 시동을 거는 소리가 들렸다. 마을 사람들은 두려움에 떨며 조심조심 눈을 떴다. 국민학교 앞에 트럭이 가로로 멈춰서 있었다. 대열 밖으로 끌려나간 마을 사람들이 군경에게 양겨드랑이를 꽉 잡힌 채 몸을 움직이기도 힘들 만큼 빽빽하게 짐칸에 채워지고 있었다. 운동장에 남아 있던 마을 사람들은 주위를 두리번거리다가 보이지 않는 남편이나 아버지, 자식의 이름을 부르며 저마다 트럭으로 몰려들었다. 군경이 마을 사람들에게 총을 겨누더니 허공을 향해 공포탄을 발사했다. 마을 사람들은 양팔로 머리를 감싸며 납작 웅크렸다. 머리를 들었을 때는 이미 트럭이 사라져버린 뒤였다.

3장

바람에 새기다

이전의 희동은 자전거 안장을 최대한으로 낮추어도 페달에 간신히 발이 닿을까 말까 할 정도였다. 그래서 거래처 가공 공장으로 배달을 갈 때는 타지 않고 짐받이에 골판지상자를 싣고 상반신에 힘을 주어 자전거를 끌었다. 하지만 점점 키가 자란 지금은 앉아서 자전거 페달을 구를 수 있게 되었다. 그것만으로도 피로를 느끼는 정도가 사뭇 달랐다. 짐칸에 골판지상자를 싣고 팔 힘에 의지해서 밀고 가다 보면 가끔 균형을 잃고 넘어질 때도 있었지만, 이제는 상자를 두 배 이상 실어도 어렵지 않게 배달할 수 있게 되었다.

희동이 물건을 배달하는 공장에는 설아가 기숙하며 일하고 있었다. 열 몇 대나 되는 공업용 재봉틀의 진동과 소음이 아침 일찍부터 밤늦게까지 그 공장을 흔들어대고 있었다. 짐받이에서 상자를 내려 공장 안으로 옮기면 내용물 검사를 받고 영수증을 받는다. 그 짧은 몇 분 사이에도 희동은 설아의 모습을 눈으로 좇았다.

공업용 재봉틀 사이를 누비듯 오가며 설아가 허리를 굽히고 천 자투리나 실밥을 쓸어 모으고 있었다. 머리를 뒤로 넘겨 하나로 묶고 누군가에게 물려받은 것이겠지만 큼직한 윗옷 소매를 몇 번이나 접어 올려 입고 있었다. 그 모습은 흡사 옷 속에서 몸이 헤엄치고 있는 것처럼 보였다.

"언제나 고생이 많구나. 오늘은 푹푹 찌네. 찬 보리차라도 마시며 좀 쉬었다 가거라."

누구나 친근하게 '아저씨'로 부르는 거래처 공장의 사장이 설아에게 보리차를 가져오라고 했다. 쟁반 위에 놓인 유리컵을 희동은 얼굴을 붉히며 받아들었다. 한 모금 마실 때마다 목구멍에서 소리가 났다. 설아는 희동이 다 마시기를 옆에서 기다리고 있다. 이렇게 가까이서 설아를 보는 것은 처음이었다. 설아는 이마에도 목덜미에도 땀이 배어 있었다.

"있잖아. 윗옷 말인데, 바지 안으로 넣지 않으면 재봉틀 벨트에 말려들어 간다!"

희동은 빠른 어조로 그렇게 말하고는 유리컵을 쟁반 위에 올려놓았다.

"보리차 잘 마셨습니다!" 희동은 사장한테 예를 표하고 자전거에 올라탔다.

하늘이 온통 먹구름으로 부풀어 오르고 있었다. 아무 데나 한 군데 '쿡!' 찌르기라도 하면 한꺼번에 쏟아져 내릴 듯한 모습이었다. 뭉근한 습기가 온몸을 휘감아든다. 이런 날은 히라노운하에서 냄새가 난다. 희동은 곧장 집으로 돌아가지 않고 자전거를 달렸다. 동아가 더부살이하며 일하고 있는 '아리랑 식당'이 가까워지자 천천히 페달을 저었다. 아직 어린 동아가 식당 홀에 나오는 일은 없다. 식당 주방에서 설거지를 하고 있거나 장사 준비를 돕고 있거나 할 것이다. 그것을 알면서도 희동은 식당 앞에 서서 유리문 저편을 살폈다. 주전자에서 우윳빛 막걸리를 양은 잔에 찰랑찰랑 따르고 무김치를 안주 삼아 술잔을 주고받는 한 무리의 사내들이 있을 뿐이었다. 손님들로 붐비기 시작하는 해 질 녘까지는 아직 시간이 있었다. 그때, 뒷문이 열리더니 동아가 양동이와 긴 막대 손잡이가 수평으로 달린 나무로 된 국자를 들고 나왔다. 그 국자로 가게 주변에 물을 뿌렸다.

"누나!"

동아가 얼굴을 들었다. 자전거 옆에 서 있는 희동을 보자 그녀의 뺨에 보조개가 떠올랐다. 희동은 무슨 말을 하려고 했지만, 선뜻 다음 말이 생각나지 않는다. 동아가 양동이에 국자를 담갔다가 꺼내서 희동을 향해 뿌린다. 희동이 '와악!' 하며 몸을 피했다.

"바보! 멍청이!"

동아가 양동이를 들고 식당 뒷문으로 휑하니 모습을 감추었다. '바보', '멍청이', '바보', '멍청이'……. 묘한 뉘앙스를 남기는 동아의 말을 마음속으로 계속 되뇌다 보니 희동은 '바보라고 말하는 녀석이 바보지!'라는 생각이 들어 화가 났다. 페달을 전속력으로 밟아 자전거를 집 앞에 팽개치듯이 세워 놓고 '와라락' 문을 열었다.

흰 고무신이 눈에 들어왔다. "누군가가 오면 내가 '쵸센(조선인에 대한 멸칭)'이라는 게 바로 들통이 나잖아!" 희동은 얼른 고무신을 눈에 띄지 않는 곳으로 옮겨 두었다.

이미 오래전에 제주도에서 오사카로 친척을 의지해 건너온

3장. 바람에 새기다

 어머니의 동향 아주머니였다. 어디를 가더라도 치마저고리를 입고 고무신을 신었다. 머리를 뒤로 묶어 둥글게 말아서 희미한 광택이 나는 놋쇠비녀로 그 가운데를 지르고 있었다. 희동의 입장에서 보면 머리끝부터 발끝까지 조선 사람 그 자체인 이 아주머니는 되도록 피하고 싶은 존재였다. 하물며 이젠 집에까지 찾아오다니…. 그러나 좁아터진 집구석 어디에도 그가 도망갈 곳은 없었다. 희동은 신발을 벗고 안으로 들어가 건성으로 꾸벅 인사를 하고는 옆방으로 들어갔다. 동생 희영이 숙제를 하고 있는 옆으로 가서 교과서를 펼쳤다.
 어머니와 아주머니는 아주머니가 선물로 들고 온 대구포를 나무망치로 두들겨 부드럽게 한 다음 손으로 찢어가며 이야기에 열중하고 있었다. 희동에게는 이해가 거의 불가능한 제주 말이었다. 평소에는 재봉틀 소리가 끊임없이 울리던 집에 어머니와 아주머니가 대화하는 소리가 끊임없이 이어지고 있었다. 이따금씩 어머니의 "아이고!……" 소리가 신음처럼 새어 나왔다. 자신들도 모르게 귀를 기울이고 있던 희동과 희영은 갑작스러운 아주머니의 고함에 얼굴을 마주 보았다. 그리고는 소리 나는 곳으로 달려갔다.
 대구포를 싸고 있던 구깃구깃한 신문지를 손으로 펼치면서 아주머니가 지면의 작은 사진을 향해 침이라도 내뱉듯이 계속해서 소리를 지르고 있었다. 일본 신문에 실려 있던 한국 대통령 이승만의 사진이었다. 아주머니는 입술을 떨면서 허리춤의

주머니에서 침을 꺼내 들었다. 아주머니는 어린아이들이 경기를 일으키는 경풍이나 야밤에 갑자기 울어대는 야제병 등을 고치는 침술사였다. 꺼내든 침으로 작은 사진 속 이승만의 눈을 푹 찔렀다. 낮은 신음을 내뱉으면서 몇 번이고 침을 뺐다가는 또 찔러댔다. 어머니는 입을 굳게 다물고 있었다. 희동과 희영은 그 장면을 보며 그저 멍하니 서 있을 뿐이었다. 마침내 숨을 가다듬은 아주머니가 돌아갈 채비를 하고 현관으로 향했을 때, 희동은 황급히 달려가서 고무신을 꺼내 아주머니의 발밑에 놓았다.

문을 닫는 소리가 났다. 희동과 희영은 연달아 물었다.

"그 사진에 있는 사람 누구야?"

"왜 그런 짓을 하는데? 그 아줌마는 누구야?"

어머니는 두 아이의 어깨를 잡고 눈을 바라보며 말했다.

"잘 들어! 오늘 일은 누구에게도 말하면 안 돼! 말했다간 큰일 나니까, 알았지?"

어머니의 서슬 퍼런 소리에 입을 다문 둘이었지만, 조금 전 숨을 꼴깍 삼키며 보았던 그 광경은 잊으려고 해도 잊을 수가 없었다. 두 아이는 떼를 쓰듯이 "아무에게도 말하지 않을 테니까 그 사진이 누군지 그것만 가르쳐 줘!"라며 어머니에게 졸라댔다.

"이승만이야! 제주도를 생지옥으로 만든 때려죽여도 시원찮을 놈이지. 자, 이제 됐으니 가서 숙제들 하거라!"

3장. 바람에 새기다

 두 아이에게서 돌아선 희동의 어머니 윤시춘(尹時春)은 재봉틀 앞으로 가서 앉더니 덮개를 벗겨내고 공회전을 밟으면서 오열했다. 그 고향 마을 여자한테 들었던 이야기가 생각나서 가슴이 미어졌고 그것은 이내 분노로 바뀌었다.
 ……그 하와이에서 돌아온 망령 난 영감탱이를 이 재봉틀에다 묶어 놓고 재봉틀 바늘로 꼼짝도 할 수 없게 '달달달달…' 박아버리고 싶다. 어디 한 방울의 물인들 줄까 보냐! 제주도에서 일어난 입에 담기조차 끔찍한 그 일들을 노망난 그 영감탱이한테 전부 다 갚아 줘야 해! 인과응보가 뭔지를 똑똑히 보여 줘야 해!……
 피가 거꾸로 솟는 것 같았다. 시춘의 숨소리가 거칠어졌다.
 "오까아상!"
 고개를 돌리자 희영이 물이 담긴 컵을 들고 서 있었다.
 "괜찮아? 오까아상?"
 "'오까아상'이라고 부르지 마! 일본 학교에 다닌다고 근성까지 일본 사람이 됐니? '어무니'라고 부르지 못하겠닛!"
 시춘의 서슬에 희동도 굳은 표정으로 얼어붙은 듯 서 있었다.
 이튿날 아침, 시춘은 희동과 희영이 학교로 가고 나자 문단속을 한 다음 시장으로 향했다. 아침 일찍이 집을 비우는 것은 좀처럼 없는 일이었다. 희영이 학교에서 돌아오면 집을 보라고 하고는 서둘러서 장을 봐 오는 것이 일반적이었다. 어젯밤에는 고향 여자의 말이 자꾸 되살아나는 바람에 자려고 해도 심장이 벌렁거려서 거의 한숨도 잘 수가 없었다. 마을이 불타고, 아무 죄도 없는 사람들이 죽임을 당하고……. 그 살해된 사람들 가운데 설아와 동아 엄마의 이름을 들었을 때는 그만 숨이 멎는 줄 알았다.

저 어린 나이에 부모와 떨어져 목숨을 걸고 현해탄을 건너와 말도 통하지 않는 이 일본 땅에서 언젠가는 제주도로 돌아가 부모를 만날 그날을 위해 씩씩하게 일하고 있는 쌍둥이 자매를 생각하고는 몇 번이고 눈물을 훔쳤다.

시춘은 시장 안의 작은 양품점으로 가서 소녀용 바지와 셔츠 두 벌을 샀다. 그리고 가게 처마 쪽으로 가서 손에 들고 있던 보퉁이에서 희영이 입었던 윗옷과 바지를 꺼내 둘로 나눴다. 종이봉투 두 개를 든 시춘은 히라노운하 연변을 따라서 무거운 발걸음을 옮겼다.

아리랑식당은 막노동 일을 하는 사람들로 붐비는 아침 식사 시간대가 지났기 때문에 가게 안에 손님은 없었다. 뒤편으로 돌아가자 수돗가에서 동아가 소매를 걷어붙이고 쪼그리고 앉아서 설거지통에 들어 있는 식기를 수세미로 씻고 있었다. 그 모습을 시춘은 한동안 물끄러미 바라보고만 있었다.

"아! 삼춘(동네 윗사람들에 대한 제주도식 호칭. 여기서는 '아주머니'의 의미)!"

시춘을 알아차린 동아가 손을 털어 물기를 없애고 달려왔다. 시춘은 종이봉투 하나를 동아에게 건넸다. 동아의 뺨에 보조개가 피어오르며 몇 번이나 고개를 숙여 "아리갓토오(감사합니다), 삼춘"을 되풀이했다.

시춘은 히라노운하를 건너 설아가 일하는 신발 공장으로 향했다. 골목으로 접어들자 둔탁한 진동이 발밑으로 울려 왔다. 낯익은 얼굴의 사장에게 인사를 건넸다. 얼마쯤 지나자 설아가 따뜻한 보리차가 든 찻잔을 들고 들어왔다.

"아! 삼춘!"

누가 왔는지는 알리지 않은 듯했다. 설아의 가느다란 눈이 크게 떠지며 만면에 웃음꽃이 피었다. 시춘이 남은 하나의 종이봉투를 건네자 몇 번이고 고개를 숙이면서 "아리갓토오, 삼춘"을 되풀이했다.

집으로 돌아가는 내내 시춘은 히라노운하의 흐릿한 수면을 바라보면서 '이걸로 됐다.'며 마음속으로 되뇌었다. 어멍의 끔찍한 최후를 알려서 무엇이 좋겠는가? 언젠가는 알려 준다고 하더라도 그건 먼 훗날의 일이다. 멀고도 또 먼 훗날의 일이 될 것이다.

침술로 생계를 꾸리고 있는 동향의 그 여자는 아이들의 야제병이나 경기를 고치는 것뿐만 아니라 어른들의 견통이나 불면증 같은 것도 잘 낫게 한다는 평판이 있었다. 언제나 풀을 빳빳하게 먹인 하얀 치마저고리를 입고 이카이노의 골목을 걷는 모습은 '심방'('무당'의 제주말) 같은 위엄이 있었다. 손님들은 그녀가 침을 놓는 동안에 묻지도 않은 자신들의 신변 이야기를 했다. 이런저런 푸념으로 시작해서 절절한 지금의 처지를 호소하다가 몸의 응어리가 풀리면 그것들 모두가 해결이라도 되었다는 듯 안도의 숨을 내쉬었다. 여자는 입이 무거웠다. 손님들에게 들은 이야기는 자기 가슴에만 담았기에 그 여자의 입을 통해 소문이 나는 일은 없었다. 그것을 아는 손님들은 다른 사람에게는 입 밖에 낼 수 없을 만한 일도 그 여자에게만큼은 털어놓는 일이 많았다. 고향 제주도에서 일어났던 믿기 힘든 그 이야기도 그렇게 해서 들을 수가 있었던 것이다.

"이보게, 자네가 돌봐주고 있다는 쌍둥이 어멍 이름이 뭐랬지?"

"선희, 이선희예요. 대나무를 쪼개 놓은 것 같은 올곧은 아이로 저와는 죽이 엄청 잘 맞아서 어렸을 때부터 늘 단짝처럼 붙어 다니던 친구예요. 제주도에서는 야학도 같이 다녔어요."

"그 선희가 말이지, 지서에 끌려가서……."

"예?! 끌려가서 어떻게 됐는데요?!"

"아이고, 반쯤은 불타버린 집에서 살고 있었는데, 소개령이 떨어졌는데도 명령에 따르지 않는다고 연행됐대. '남편이 산으로 도망가 숨었지?' 하며 폭도의 앞잡이라고 무자비하게 두들겨 패고……. 바른대로 대라고 아무리 그래도 대답을 할 수는 없는 노릇이잖아. '네년 남편이 집으로 들어가는 걸 본 사람이 있으니까 사실대로 불어라!'고 하면서 계속 닦달을 하고……. '우리 남편이 어디 있는지 내가 더 알고 싶소. 알고 있으면 좀 가르쳐 주시오!' 선희가 그랬대. 그랬더니 놈들이 '건방진 년! 주둥이만 살아가지고!' 하면서 선희 입에 주전자로 물을 들이붓고는 불룩해진 아랫배를 몇 번이고 짓밟았다는 것 같아……."

"아이고오!……"

"선희는 아이를 배고 있었어. 그길로 그만 치마가 시뻘겋게 물들었대…….

 그걸 본 경찰이, '이걸 봐! 남편 놈이 산에서 내려왔다는 증거야. 산에서 내려온 남편과 뒹굴었겠지. 이게 무엇보다도 확실한 증거다. 솔직하게 말해!'라며 곤봉으로 닥치는 대로 두들겨 패고……, 선희는 입으로 피거품을 뿜고……, 형무소 간수도 차마 볼 수가 없어서 그만 눈을 돌렸대. 부모 빽으로 간수를 했던 그 젊은이한테 들었어. 형무소에서 일하면 폭도라는 둥 빨갱이라는 둥 누명을 쓰고 죽임을 당하는 일은 없을 거라고 생각했겠지. 하지만 잠을 잘 수가 없었대. 밤마다 가위눌려서 말이지. 신음 소리에다 중정에 스민 핏자국에다 숨이 턱턱 막히는 피비린내에다……. 그래도 살해당하는 것보다는 낫다고 생각해서 간수 일을 하고 있었다는데, 어느 날 경찰이 피가 엉겨 붙은 곤봉을 건네주면서 다음엔 니가 한번 해보라며 낄낄거리더래. 그래서 더 이상은 무리라고, 인간으로 살아가지 못할까 봐 두렵다고 생각한 그 젊은 간

수는 결국 밀항선을 탔지. 지금 오사카에서 날품팔이를 하고 있어."

시춘은 선희의 시원스레 뻗은 길고 가는 눈매를 떠올렸다. 그 눈을 부릅뜬 채 최후를 맞이했을 선희의 원통함을 생각하니 가슴이 찢어질 것 같았다. 누가 장례를 치러 줬을까? 아니지. 셀 수 없을 정도로 많은 사람들이 죽어 나가는 제주도에서 선희도 그 근처 들판이나 어느 덤불에 버려졌겠지. 까마귀가 그 시신을 파먹고……. 위에서 쓴물이 올라왔다. 시춘은 입에 고인 쓴물을 흐름이 멈춘 듯한 히라노운하에다 냅다 뱉어 냈다.

뒷문에 접한 작은 마당에 풍로가 준비되었다. 희영이 부채로 풍로 아래를 열심히 부쳐서 숯불을 피우고 있었다. 시춘은 푸줏간에서 내장을 사다가 간장에 설탕에 마늘과 생강, 고춧가루 등으로 양념을 해서 재웠다. 희동은 자전거를 타고 아리랑식당의 동아와 신발 공장의 설아에게 저녁을 먹으러 오라고 전하러 갔다. 밥을 넉넉히 짓고 콩나물국이랑 김치랑 뜨거운 내장구이를 싸서 먹을 조선상추도 준비했다. 희동과 희영은 풍로 위로 발갛게 달구어진 석쇠에 빨리 양념한 내장을 올리고 싶어서 안달하듯 두 자매를 기다렸다. 문을 여는 소리가 났다. 희영이 튕겨 오르듯 뛰어나가 두 사람을 맞이했다. 풍로의 석쇠 위에 양념내장이 올려졌다. 고기

굽는 연기가 피어오르고 맛있는 냄새가 좁은 집 안에 그득해졌다. 시춘은 내장이 구워지는 게 감질이 나는 듯 뒤집어 봤다가 다시 석쇠에 올려놓는 아이들을 웃으며 보고 있었는데, 희동이 다 구워진 고기를 자기는 먹지 않고 슬쩍 동아와 설아 앞에 놓는 것을 보았다. 동아는 당연한 듯 그것을 입으로 가져갔고, 설아는 고개를 까딱하며 살짝 고마움을 표하고 나서 입으로 가져갔다. 시춘의 시선을 느낀 동아가 제주말로 "삼춘도 같이…." 라고 말했다. "응, 그래. 먹어, 먹어." 시춘도 제주말로 답했다.

 설아는 선희를 닮았다. 설아의 도톰하게 부푼 눈꺼풀은 혼기가 찰 때쯤이면 산뜻해져서 가늘고 긴 홑꺼풀의 시원한 눈매가 될 것이다. 동아는 남자가 보조개가 들어간다고 놀림을 당하던 천기를 닮았다. 성격으로 보면 설아는 얌전하지만 심지가 굳고, 동아는 오기가 세지만 배려심이 있다. 시춘은 부지불식간에 둘을 비교하며 누가 희동의 색시가 되면 좋을까를 생각하고 있는 자신을 깨닫고 쓴웃음을 지었다. ……한참 나중의 이야기지. 하지만 그렇게 먼 훗날의 이야기도 아니지, 아니야…….

 장마철의 미적지근하고 눅눅한 공기가 골목을 뒤덮고 있었다. 비는 내릴 것 같으면서도 내리지 않고, 히라노운하에서 올라오는 쉰내가 시간이 지나도록 빠져나가질 못하고 골목에 감돌고 있었다.

 시춘은 전날부터 재봉틀에 덮개를 씌우고 남편의 제사 준비에 여념이 없었다. 학교에서 돌아온 희동을 자전거로 조선시장에 가서 장을 봐 오라고 보냈다. 희영에게는 집 안 청소를 시켰다. 병풍을 꺼내고 접이식 교자상 위에 영정사진을 올렸다. 이마가 도드라진 남편의 사진을 보고 있자니 문득 원통함이 복받쳐 왔다.

 ……조금만 더, 조금만 더 살아 있었더라면 고국이 해방된 기쁨을 함께 나누었을 텐데……. 희영은 아부지 얼굴도 모른다. 그 가슴에 안겨본 적도 없다. 그게 안쓰러워서…….

 시춘은 희영에게 빈 맥주병을 가지고 오라고 하고 참기름을 두 홉 사 오라고 시켰다. "작년처럼 장바구니를 덜렁덜렁 흔들고 다니다가 병 안의 참기름을 길바닥에 다 쏟아 버리면 가만 안 둔다!"라고 눌러뒀다.

 희영은 과자가게 앞에 섰다. 유리 진열장에 늘어선 과자를 보는 것만으로도 꿈을 꾸는 듯한 기분이 들었다. 언젠가 어른이 되면 자기가 일해서 번 돈으로 과자를 사고 싶은 만큼 마음껏 살 거라고 다짐을 했다. 그 과자가게는 설탕이나 참기름을 저울에 달아서 팔기도 했다. 머리를 뒤로 잡아당겨 묶고 기모노 위에 소매가 달린 하얀 앞치마를 입은 안주인이 가게를 보고 있었다. 아저씨가 가게를 볼 때는 안쪽에 있는 다다미방에서 아주머니가 말쑥한 옷차림을 한 젊은 여성들에게 꽃꽂이를 가르치고 있었다. 희영에게는 가게 앞쪽에서 보았던 그 광경이 마치 다른 세상의 모습처럼 보였다.

 희영이 빈 병을 내밀자 주인아주머니가 한 말들이 깡통의 뚜껑을 열고 빈 병에 깔때기를 꽂아 국자로 참기름을 천천히 흘려 넣었다. 고소한 향기가 풍겨났다. 국자 끝에서 참기름이 실처럼 이어져 떨어지다가 마침내 끊겼다. 희영은 참기름이 든 맥주병에 신문지를 돌돌 말아서 뚜껑을 해 닫고 양손으로 안아서 집으로 돌아왔다.

 현관문을 열자 부엌의 후끈한 열기와 유월의 눅진한 습기가 뒤섞여서 덮쳐왔다. 시춘이 콩나물을 삶고 시금치도 데치고 있었다. 찜통에는 찹쌀가루가 들어있었다. 그것이 다 쪄져서 밀가루가 엷게 뿌려진 앉은뱅이 밥상 위에 놓였다. 희영은 마음이 설렜다. 과자가게에 진열된 과자보다도 더 맛있는 것을 지금부터 모두 함께 만드는 것이다. 희동과 희영이 손을 씻고 밥상 앞에 앉았다. 시춘이 다 쪄져 떡처럼 된 찹쌀가루를 빈 맥주병으로 밀어서 어느 정도 얇게 펴낸다. 두 아이가 맥주병 뚜껑으로 그 위를 눌러서 톱니 모양의 뚜껑 자국이 남은 형태로 잘라낸다. 시춘이 그것을 빈 병으로 늘리자 갓난아기의 손바닥 크기가 된다. 서로 달라붙지 않도록 한 장 한 장마다 밀가루를 뿌려 둔다. 프라이팬에 참기름을 넉넉하게 두르고 준비해 둔 그것들을 양면 모두 노릇노릇 구워내 설탕을 듬뿍 묻히면 마침내 '참기름떡(油餠)'의 완성이 된다. 희동과 희영은 소쿠리에 늘어놓은 참기름떡에 입맛을 다신다.

"이건 제사상에 올릴 거니까 제사가 끝날 때까지 참아야 돼."
라고 말하면서도 시춘은 모양이 틀어진 것들을 둘에게 건넨다. 둘은 번들번들 손에 참기름을 묻혀가며 아직 뜨거운 참기름떡을 한입 가득 넣는다.

"근데 가아쨩…, 아니 어무니. 도오쨩…, 아부지는 왜 돌아가셨어?"
희영이 시춘에게 물었다.

"……오 년 전 오늘, 아침나절에 공습경보 사이렌이 울렸단다. 3월 말에 미군의 공습으로 많은 사람이 죽었다는 것을 들었기 때문에 모두 서둘러서 골목 안쪽에 파 놓은 방공호로 달려갔지. 그때 어무니 뱃속에는 희영이 네가 있었단다. 배를 부딪칠까 봐 조심하며 희동이를 안고 말이야. 아부지는 늦게 오는 다른 이웃들을 다 챙기고 마지막으로 방공호에 들어오려고 하는 순간 소이탄에 당하셨어. 아이고, 세상에! 불붙은 기름이 온몸에 들러붙어 끌 수가 없는 거야. 괴로워서, 너무나도 고통스러워하면서 몸부림치며 뒹굴다가 불에 타서 돌아가셨어. 왜 우리 조선 사람이 일본 놈들이 벌인 전쟁에 휘말려서 이런 꼴을 당해야 하는 건지……. 아이고!……, 이것도 팔자일까?……"

"어무니, 아부지랑 어무니는 왜 일본에 왔는데? 조선 사람에게는 자기 나라가 있잖아. 제주도가 고향이라고 늘 그렇게 말했잖아."

 희동이 시춘에게 물었다.

 "……말하자면 길단다. 하지만 이것만큼은 기억해 두거라. 너희 아부지는 결코 자기만을 위해서 살려고 하시지는 않았다. 방공호 얘기에서도 알 수 있듯이 언제나 누군가를 도우려고 했던 사람이란다. 너희들이 좀 더 크면 말해 주마."

 시춘은 참기름떡이 든 소쿠리를 들고 일어서더니 접시에 담아 영정사진 앞에 진설했다. 그리고는 그 앞에 앉아서 영정사진을 응시한 채로 한동안 생각에 잠겨 미동도 하지 않았다.

 석양이 산 능선을 빨갛게 물들이기 시작하자 시춘은 재빠르게 밭일을 끝내고 귀가를 서둘렀다. 가족들의 저녁밥을 준비하고 몇 번 씹기가 바쁘게 식사를 마치고는 세수를 하고 깨끗한 치마저고리로 갈아입고 뒷문을 통해 밖으로 나갔다. 가을 저녁은 일찍이 찾아온다. 집집마다 밝힌 어렴풋한 불빛에 의지하여 마을 변두리 쪽에 있는 집으로 향한다. 사거리로 접어들자 숨을 헐떡이는 선희와 만난다. 둘은 서로 고개를 끄덕이며 걸음을 재촉한다.

 살짝 문을 열자 램프 불빛에 얼굴이 드러난 여섯 명이 일제히 두 사람에게 시선을 집중한다. 시춘과 선희는 얼굴을 붉히며 구석으로 가서 나란히 앉는다.

"다 오신 것 같군요. 그럼 시작합시다!"

선생님은 칠판에 한 자 한 자 정성껏 한글을 써 내려간다. 일곱 명의 학생은 갱지 위에 그것을 옮겨 적는다. 내 손가락이 연필을 쥐고 있다는 사실이 마냥 신기하기만 하다. 괭이와 아궁이에 처넣는 장작과 옷 깁는 바늘과 나물 자르는 칼자루만을 쥐고 평생을 살아갈 것이라고 생각했던 시춘이었다.

읍내에서 온 젊은 선생님이 마을 외곽에 있는 집에서 글을 가르쳐 준다는 이야기를 들었을 때, 우선 시춘의 머리에는 수업료 걱정이 스쳤다. 병이 잦은 엄마와 아직 어린 남녀 동생들을 거느린 생활은 간신히 입에 풀칠을 하는 정도였다. 그래서 단념해야겠다는 마음을 슬슬 굳히기 시작했을 때 선희가 "공짜야! 돈 같은 거 없어도 된대!"라며 환성을 지르고 함께 가자며 강력히 권유를 했다. 자기 이름조차도 쓸 줄 몰랐던 시춘과 선희였다. 야학교 선생님이 갱지에 써 주었던 자신의 이름을 손가락으로 따라서 써보았다. 손가락 끝으로 힘이 솟아나는 것 같았다. 들일을 마치고 야학에 모인 학생들은 선생님이 칠판에 쓰는 글자를 주시하고 선생님의 입 모양에 주목하며 열심히 읽기와 쓰기를 배워 나갔다. 입으로 말하는 소리를 그대로 글자로 옮겨 적을 수 있다니! 일주일에 두 번 나가는 야학이 시춘에게는 크나큰 삶의 활력소가 되었다.

농민과 노동자

나는 농부다 너는 노동자다

우리는 똑같이 일하는 사람이다

높지도 않지만 낮지도 않지

나는 밭을 갈고 너는 쇠를 두드려서

우리 사는 세상이 좋아질 수 있도록

쉬지 말고 일하자

나아가라 앞으로

보다 더 보다 더 나아가라

  선생님이 책을 손에 들고 칠판에 분필로 한 자 한 자 한글을 써 내려간다. 학생들은 눈으로 좇고 되새기며 갱지 위에 연필로 그대로 적어 나간다.

  선희가 "선생님!" 하고 손을 들었다.

  "저는 새벽에 일어나서 가족들 밥을 해 놓고 밭으로 나갑니다. 해가 질 때까지 일하고 있습니다. 쉬지 않고 일한다는 것은 무리입니다. 몸이 견뎌내질 못합니다!"

  시춘도 고개를 끄덕였다. 다른 학생들도 고개를 끄덕였다. 선생님이 일곱 명의 얼굴을 바라보며 말했다.

  "일을 한다는 말은 가족들을 위해서 일할 때만 쓰는 게 아닙니다. 사회를 위해서 일을 하기도 하고 민족을 위해서 일을 하기도 하는 것입니다. 이 시를 쓰신 '윤봉길'이라는 분은 스물다 섯에 돌아가셨습니다. 일본군에게 총살을 당했습니다."

작은 방에 충격이 일었다.

"그분은 농촌으로 들어가 야학을 열고 가난한 농민들을 위해 온 힘을 쏟았습니다. 무지가 우리 조국을 일본에게 강탈당한 근본적인 원인이라고 생각하셨던 그분은 문맹 퇴치를 위해 야학을 열어 농민과 노동자가 서로 도우며 살아가는 미래를 염원하며 많은 활동을 하셨습니다. 우리 조선은 일본의 지배하에 놓여 있습니다. 그분은 친형제와 아내와 어린 두 아이를 남겨 두고 압록강을 넘어서 조선의 독립을 위해 중국 상해로 건너가 일본 군인들에게 폭탄을 던졌습니다. 두 명이 죽고 많은 수가 중경상을 입었습니다. 그 자리에서 붙잡힌 그분은 '대한 독립만세!'를 외치셨다고 합니다."

방 안은 물을 끼얹은 듯 조용해졌다. 선생님은 다시 칠판을 향해 돌아서서 '독립', '해방'이라고 적었다. 그날 이후로 선생님은 야학에 모습을 나타내지 않았다.

시춘은 일용품들을 싼 보퉁이를 등 뒤에 대각선으로 메고, 왼손에 또 하나를 들고, 오른손에는 도항증명서를 쥐고 기미가요호(君が代丸: 1922년부터 1945년까지 제주도와 오사카를 오가던 화객선. '기미가요'라는 이름은 일본의 國歌에서 유래. 역자 주)의 승선장 앞에 섰다. 수상 주재소의 순사가 도항증명서와 시춘의 얼굴을 번갈

아 비교하더니 가까스로 턱을 치켜들고 "좋앗!" 하고 통과를 시켰다. 등 뒤로 식은땀이 흐르고 심장이 두방망이질 치고 있었다. 애써 태연을 가장하면서 기미가요호의 트랩을 올랐다.

삼등 선실은 이미 발 벋을 곳조차 없었고, 체온으로 인한 열기와 땀내가 가득 들어차 있었다. 해가 지기까지는 아직 시간이 있었다. 시춘은 난간 손잡이를 꽉 잡고 한 발 한 발 신중하게 트랩을 올라가 갑판으로 나갔다. 눈앞으로 망망대해가 펼쳐졌다. "와아!" 시춘은 자기도 모르게 탄성을 질렀다. 마을의 '오름'(크고 작은 것을 합해 약 360곳에 이르는 한라산의 기생화산)에 오르면 어디서든 바다가 보였고, 그 시계의 어딘가에 안쪽으로 파고들어 간 바다와 마을과 멀리 섬들이 있어서 바다가 제주도를 감싸고 있는 듯한 안도감을 느꼈지만, 지금 눈 앞에 펼쳐진 바다는 달랐다. 어디까지고 계속 이어지는 끝이 없는 바다였다. 스크루가 끊임없이 일으키는 하얀 물보라 말고는 그저 하염없는 망망대해가 아득히 펼쳐져 있을 뿐이었다.

기미가요호는 제주읍, 조천, 김녕, 표선, 성산포, 서귀포, 한림, 애월 등 열한 곳의 면 소재지 항구에서 사람들을 태우고 이틀 후 일본 오사카에 도착한다. 먼 친척이 마중을 나올 것이다. "열심히 일해서 돈을 벌어 집으로 보내야지!" 불안을 달래듯 시춘은 스스로에게 말을 걸었다. 치마 위로 도항증명서를 꺼내 다시 확인해본다.

"잘 들어! 그놈들은 말이야, 여간해선 떼어 주지 않으려고 할 거야. 몇 번이고 찾아가서 얼굴도장을 찍어야 돼! '오사카에는 친척도 있고 일할 곳도 있습니다!', '이대로 가면 가족들 모두 굶어 죽습니다!', '내가 오사카에서 일하지 않고서는 도저히 방법이 없습니다!', '도와주세요! 제발 부탁드립니다!' 하고 눈물이라도 흘리지 않는 다음에야 떼어 줄 리가 없다고! 도항증명서에는 이름과 주소 말고도 얼굴 생김새까지 적어. 그놈들은 젊은 여자만 보면 얼굴이건 몸이건 닥치는 대로 만지고 더듬고 쓰다듬어. 오른쪽으로 돌아라, 왼쪽으로 돌아라, 말로 해도 될 걸 말이야……. 알겠어? 그래도 참아야 돼. 만에 하나, 실수로라도 손을 뿌리치거나 하면 안 되는 거야. 아! 그리고, 담배도 한 갑 꼭 챙겨서 가도록 해!"

오사카에 돈 벌러 갔다가 몸만 다 상해서 제주도로 돌아온 이웃 마을 여자가 입에 쉰내가 나도록 일러 주었다. 시춘은 그 여자의 말대로 밭일을 하던 짬짬이 몇 번이나 면에 있는 주재소를 찾아갔다. 하지만 몇 번이고 찾아가도 손으로 파리를 쫓듯 상대를 해 주지 않았다. 생각다 못해 슬쩍 담배를 내밀었다. 그랬더니 그때까지는 들으려고도 하지 않던 순사가 떨떠름하게 시춘을 향해 고쳐 앉았다. "이름은?", "주소는?" 시춘의 대답을 받아쓰고 있던 순사가 불쑥 일어서더니 양손으로 시춘의 어깨를 잡았다. 그러더니 오른손으로 시춘의 턱을 잡고 얼굴을 빤히 들여다보았다. 담배 쩐내가 섞인 역겨운 구취가 확 풍겨 왔다. 이어서 손바닥으로 뺨을 문지르더니 오른쪽으로 돌려세웠다가 다시 왼쪽으로 돌려세웠다. 이윽고 순사의 손바닥은 가슴을 미끄러져 내려가 이번엔 엉덩이를 쓰다듬었다. 아버지가 아닌 다른 남자의 손바닥이 시춘의 몸에 닿은 것은 처음이었다. 어렸을 때 긴 병으로 아버지를 여읜 시춘은 아버지의 기억조차 가물가물했다. 당장이라도 손을 쳐내버리고 싶은 것을 필사적으로 억눌러 참았다. 굴욕으로 얼굴이 화끈거리고 입술이 떨렸다. 순사가 "꼴깍!" 침을 삼켰다. "자, 가지고 가. 도항증명서다!" 시춘은 그것을 받아들자 뒤도 돌아보지 않고 주재소를 빠져나왔다. 밖으로 나오자마자 꾹꾹 눌러 참았던 눈물이 왈칵 쏟아져 내렸다.

집으로 돌아온 시춘은 곧바로 물독에서 물을 퍼내 얼굴을 씻었다. 순사 놈의 손이 닿았던 곳이 인두에 덴 것처럼 화끈거렸다. 치마저고리를 벗어 던지고는 몇 번이고 물을 끼얹었다. 이가 덜덜 떨릴 때까지 찬물을 뒤집어썼다.

"시춘아! 뭐 하고 있니?"

이불 속에서 어렵사리 반쯤 몸을 일으킨 어머니가 물었다.

"아무것도 아냐! 땀을 많이 흘려서……."

"그렇게나 물을 퍼 쓰면 오늘 저녁을 할 수 있겠냐?"

"응, 응. 괜찮아."

말은 그렇게 했지만, 물독의 물은 거의 남아 있지 않았다. 더 어두워지기 전에 빨리 샘터로 가야만 했다. 시춘은 재빨리 옷을 갈아입고 물구덕을 등에 지고 집을 나섰다. '내가 오사카에 가면 누가 물을 길으러 갈까? 어머니는 병약해서 힘드실 테고 남동생은 열두 살, 여동생은 아홉 살……. 오사카에 갈 때까지 조금 더 작은 허벅을 마련해 놔야 할 텐데…….' 이런저런 궁리를 해보며 어깨로 파고드는 물구덕 끈을 움켜잡고 집으로 가는 길을 재촉했던 그 날의 일이 선명하게 떠올랐다.

온몸으로 바닷바람을 받아내며 파도가 이는 바다 위를 보고 있자니 구역질이 밀려왔다. 저고리를 버리지 않으려고 손으로 그것을 받아냈다. 좁쌀, 보리, 잎채소의 조각들……. 시춘은 어머니와 동생들의 얼굴을 떠올리면서, "내가 가장이다! 부지런히 일해야 해!"라고 자신에게 다짐하듯 들려주며 삼등 선실로 향했다. 시춘이 바다를 보고 있던 불과 한 시간 사이에 삼등 선실은 복도에까지 사람들로 넘쳐나고 있었다. 시춘은 선실 문에 몸을 기댄 채 짐을 안고 눈을 감았다.

기미가요호는 이틀 후 오사카의 칙코오(築港. 항구 이름)에 닻을 내렸다. 시춘은 붐비는 인파 속을 헤치고 트랩으로 내려섰다. 이 많은 인파들 속에서 친척 아주머니를 찾을 수나 있을까? 아주머니는 나를 발견하실 수 있을까? 시춘은 좌우를 둘러보며 까치발을 하고 아주머니의 모습을 찾아봤다. 시춘의 주위에 있던 사람들의 모습이 하나씩 둘씩 사라져 줄어 갔다. 혹여 아주머니가 마중을 나오지 않았다면 말도 통하지 않는 이국땅에서 어쩌면 좋단 말인가? 눈물을 참으려고 해도 눈물이 볼을 타고 흘러내렸다. 시춘은 짐 보따리를 끌어안은 채 그 자리에 쭈그리고 앉았다. 얼마쯤 지났을까? 이윽고 시춘의 등에 손길이 느껴졌다.

"늦어서 미안해!"

시춘은 아주머니의 품에 안겨 서러운 듯 흐느꼈다. 한바탕 울고 난 다음에 시춘은 아주머니의 뒤를 따라 이카이노로 향했다.

고개를 들고 걷는 게 좋을까, 숙이는 편이 나을까? 이국땅의 모든 것이 시춘에게는 낯설고 두려웠다. 냄새부터가 다르다. 사람들로 넘쳐난다. 제주도의 오일장에도 이렇게 사람이 많지는 않았다. 닭장 같은 집이 길게 늘어서 있다. 그 작은 집들에서 갖가지 잡소리와 사람 소리가 버무려져 들려온다. 제주도의 집은 초가집이었지만, 그래도 이렇게까지 작지는 않았다. 집집마다 마당이 있고 거기에 채소를 길러서 먹고 있었다. 이곳에는 그런 공간이 없다. 산도 바다도 보이질 않는다. 숨이 막힐 것 같다. 여기가 오사카란 곳인가? 여기서 열심히 일하면 내가 정말 가족을 부양할 수 있을까? 현기증과 구역질을 참아가며 시춘은 아주머니를 따라갔다.

"자, 여기야! 피곤하지? 배고프겠다."

저녁밥이 준비되었다. 잡곡만으로 지은 밥과는 달리 아주 조금이지만 흰쌀이 섞여 있었다. 부스스해서 젓가락 사이로 빠져나가던 잡곡밥과는 달리 흰쌀이 섞인 밥에는 찰기가 있었다. 고향에서는 제사 때만 먹을 수 있는 흰쌀이었다. 일본에 가면 흰쌀밥을 먹을 수 있다는 말이 사실이었구나! 시춘은 삼키는 것이 아까울 정도였다. 바지락 된장국과 말린 정어리에 김치, 시춘에게는 진수성찬이었다. 허기를 채우자 그때까지의 긴장이 풀린 탓인지 눈꺼풀이 자꾸만 내려왔다. 아주머니가 안쪽에 있는 작은 방에 이불을 깔고 시춘에게 그만 자라고 재촉을 했다. 이불 속으로 파고들기가 무섭게 시춘은 새근거리는 숨소리를 내기 시작했다.

"아직도 자고 있는 거야?"
"좀 더 자게 놔둬라."
 누군가의 목소리가 번갈아가며 들리기는 했지만, 시춘은 눈을 뜰 수가 없었다. 일어나서 인사를 해야 한다고 생각은 했지만, 몸이 진흙탕에 빠진 것처럼 무거웠다. 들려오는 목소리는 제주말이었다. '난 분명 기미가요호를 타고 오사카에 왔는데….' 천천히 눈을 떴다. 둥그런 백열등이 매달려 있었다. "아!" 하는 작은 소리를 내며 시춘은 몸을 일으켰다.
 "일어났니? 잘 자더구나. 어지간히 피곤했던 모양이네."
 문을 열어 놓은 옆방에서 시춘에게 들려오는 말은 하나같이 다정했다. 게다가 제주말이었다.
 "자, 이리 와서 밥 먹으렴."

시춘은 이불을 재빨리 정리하고 꾸뻑, 고개를 숙였다. 선뜻 자리에 앉으려고 하지 않는 시춘의 모습을 보던 한 소녀가 "아!" 하더니 일어나서 시춘의 손을 잡았다.
　"여기가 통시."
　시춘은 변소의 문을 열었다. 구린내가 코를 찔렀다. 시춘은 조심조심 재래식 변소 밑을 들여다보았다.
　"후훗! 돼지는 없어." 소녀가 명랑한 소리로 웃었다.
　제주도의 시골에서는 돌담으로 둘러싸인 마당 한구석에 뒷간을 만들고, 그 공간에다 돼지도 길렀다. 돼지는 사람의 배설물을 먹고, 돼지의 배설물은 밭에서 쓰는 거름이 되었다. 볼일을 보고 밖으로 나오니 소녀가 기다리고 있었다.
　"난 옥희라고 해. 열일곱이야."
　"아, 난 시춘이야. 이제 곧 열일곱이 돼."
　"난 삼양에서 왔어. 검은 모래사장으로 유명한. 넌?"
　"아아, 난 이호."
　"어머나! 우리 둘 다 바닷가에서 자랐구나. 나이도 비슷하고, 우린 고무신 공장에서 함께 일하게 될 거야. 난 여기 온 지 일년하고도 반이 지났어."
　"응, 잘 부탁해. 많이 가르쳐 줘." 시춘이 말했다. 처음 만났는데도 상냥하게 말을 걸어주는 옥희에게 시춘은 제주도의 고향 마을에 있는 듯한 착각과 안도감을 동시에 느꼈다. 살짝 눈을 깔고 이야기를 나누던 시춘은 웃는 얼굴로 화답하려고 고개를 들어 옥희의 얼굴을 본 순간, 당황해서 그만 눈을 돌리고 말았다. 까만 눈동자에 작은 코, 도톰한 입술, 얼굴 전체에 퍼져 있는 마맛자국만 없다면 충분히 사람들의 눈길을 끌 만한 귀여운 얼굴이었다.

"지금 잘 봐둬. 빨리 익숙해지고." 옥희가 말했다.

"내가 따돌림을 당하고 울면서 집으로 돌아가면 어무니는 나보다 두 배 이상 우셨어. '우리 집이 가난해서, 이게 다 내 탓이다. 불쌍한 내 새끼!'라며 늘 같은 말을 되풀이하면서 우셨지. 가난한 건 어무니 탓이 아닌데도 말이야. 그래서 이제 더 이상 울지 않기로 했어. 울어봤자 무슨 수가 생기는 것도 아니고. 이 얼굴로는 결혼도 할 수 없을 테고. 하지만 살아야 하니까 난 어무니가 말리는 것도 뿌리치고 이리로 일하러 온 거야. 열심히 일해서 돈을 모아 제주도에 땅을 살 거야. 자기 땅만 있으면 살아갈 수 있어. 어때? 그렇지 않니?"

시춘은 몇 번이나 고개를 끄덕였다. 자기 땅만 있으면 소작료는 낼 필요가 없다. 지주의 눈치를 볼 필요도 없다. 밭에 심은 작물은 전부 가족들의 것이 된다. 그것들을 오일장에 내다 팔게 하는 거야. 돈이 들어오겠지. 그래, 나도 열심히 일해야지! 어머니와 동생들이 밝게 웃는 모습을 시춘은 마음속에 그렸다.

시춘은 윗도리와 바지를 갈아입었다. 낡은 옷이었지만 팔꿈치나 무릎이 닳아서 얇아진 부분에는 정성껏 다른 천을 덧대서 박음질이 되어 있었다. 처음 입어보는 서양식 옷인데 작업복이었다. 소매도 길었고 바짓단도 길었다. 옥희가 "이렇게 입는 거야."라며 소매와 바짓단을 접어주었다. 검은 장화를 신고 시춘은 옥희를 따라 고무 공장에 발을 들여놓았다. 가을 바람이 으스스한 한기를 느끼게 하는 날이었지만 공장 안으로 들어가니 그곳은 찌는 듯한 열기로 가득 차 있었다. 시춘은 처음 맡는 냄새에 무심코 코를 싸쥐었다. 옥희가 바지 주머니에서 수건을 꺼내 시춘의 코와 입을 덮어서 목 뒤로 꼭 묶어 주었다.

"처음에는 다 그래. 익숙해질 거야. 나도 그랬으니까."

공장 한쪽에 놓인 장방형의 기계가 둔탁한 소리를 내며 원료가 되는 고무를 휘저어 섞고 있었는데 그쪽으로 다가가면 바로 땀이 날 정도였다.

"그래도 지금이 가을이라 다행이야. 여름에는 공장에 들어서기만 해도 땀으로 흠뻑 젖게 돼."

옆에 있는 기계에서는 골고루 반죽 된 고무가 두꺼운 롤의 형태로 감겨져 나온다. 아직 뜨거운 고무가 미처 굳기 전에 금형으로 성형을 하고 있는 남자들의 모습을 본 시춘이 겁을 냈다.

"괜찮아. 여기는 동포들이 사는 동네야. 모두 다 우리 같은 조선 사람들이야." 옥희가 말했다. 옥희는 시춘에게 작업을 하는 순서와 방법을 가르쳤다. 이 고무 공장은 일본인들이 신는 작업화의 밑창이나 구두 밑창에 해당하는 부분을 제조하고 있었다. 옥희는 성형된 고무의 밑바닥을 검사하는 일을 맡고 있었다. 삐져나온 고무를 끌로 잘라내고 크기를 맞춰 상자에 채우는 작업이다. 옥희는 시춘에게 끌을 잡는 방법을 설명했다. 못 쓰는 고무 조각을 가져와서 시범을 보이며 힘을 넣는 요령을 몇 번이고 가르쳤다.

"엉뚱한 데에 힘을 주면 손을 베게 돼."

공장 전체에 들어찬 고무 냄새에 익숙해지기만 한다면 어떻게든 해낼 수 있을 것이라고 생각됐다. 하지만 여름에는 땀범벅이 된다는데……. 으음, 앞으로 겨울이 될 테니까 여름을 맞이할 때쯤이면 분명 이 일에 익숙해져 있을 거야. 시춘은 불안에 흔들리면서도 자신의 얼굴을 살펴 주고, 일하는 순서와 요령을 가르쳐 주는 옥희만 곁에 있어 준다면 어떻게든 해 나갈 수 있을 거라고 생각했다. 여섯 시를 알리는 사이렌이 울렸다. 옥희가 시춘의 손을 잡고 공장 뒤쪽에 있는 수돗가로 데리고 갔다. 소매를 걷어 올리고 비누를 손에 문질렀다. 하얀 비누가 금세 새까매졌다.

"손톱을 잘 봐. 손톱 밑에 때가 끼어 있을 거야. 얼굴도 씻어. 코 안에도 검댕이 들어가 있을 테니까 코 안으로 손가락을 넣어서 씻어야 돼."

시춘은 옥희를 따라서 팔을 씻고, 얼굴을 씻고 콧구멍도 손가락을 넣어서 씻었다.

3장. 바람에 새기다

"그래, 그래. 참 잘했어용!"

옥희가 웃었다. 거품을 잔뜩 묻힌 얼굴을 들고 시춘도 웃었다.

시춘이 고무 공장에서 일하기 시작한 지 열흘이 지났다. 옥희가 신이 나서 말했다.

"내일은 쉬는 날이야. 있잖아, 어디 갈까? 뭘 할까?"

물어본들 시춘은 대답할 방법이 없었다. 공장과 숙소만 오갔던 그녀에게 어디에 무엇이 있는지, 무엇을 할 수 있는지는 전혀 짐작이 가지를 않았다.

"괜찮아, 그럼 나한테 맡겨봐." 옥희가 말했다.

"하지만 입고 갈 옷이 없어……."

작업복 말고는 제주도에서 가져온 치마저고리밖에 없었다.

"여기는 동포들이 사는 동네라니까. 나도 저고리 입을 거니까." 옥희가 말했다.

시춘이 공장 식당에서 저녁을 먹고 있자 식당 아주머니가 "내일은 처음 맞는 휴일이지? 이걸로 우동이라도 사 먹으렴." 하면서 잔돈을 쥐여 주었다. "예? 하지만……." 시춘이 받지를 않자 옥희가 웃으며, "나도 처음엔 똑같이 그렇게 받았어."라고 말했다.

시춘과 옥희는 저녁식사를 마치자 작업복을 들고 수돗가로 갔다. 세탁비누를 문질러서 양손으로 힘껏 비벼 빨았다. 열흘간의 땀과 검댕이 까만 물이 되어 배수구로 흘러간다. "빨랫방망이가 있으면 좋을 텐데. 그치?" 시춘이 말했다.

"일본에서는 빨랫방망이 대신 빨랫비누야." 옥희가 말했다. 둘은 빨래를 꼭 짜서 빨랫장대에 널었다.

평소에는 자리에 눕기가 무섭게 잠이 들어버리는 시춘이었지만, 내일 쉰다는 생각에 가슴이 콩닥거려서 좀처럼 잠을 이룰 수가 없었다. '어무니는 어떻게 하고 계실까? 동생들은 건강하게 잘 있을까? 지금쯤은 조와 콩을 거두어들일 텐데 낫질을 하다가 손이나 베지는 않았을까? 언젠가 돈을 모아 고향에 돌아가는 날이 오면 선물로 얼굴 씻는 세숫비누와 세탁비누를 사가지고 가야지.' 거품투성이가 되어 웃는 동생들의 얼굴을 보고 싶다. 멀리서 방망이로 빨래를 두드리는 소리가 난다. "토닥, 토닥, 토닥, 토닥…" 어머니의 손이 다정하고 부드럽게 시춘의 등을 두드린다. "우리 아기 착하지. 참말로 우리 아기 착하기도 하지. 자아, 이제 자장자장 해야지……."

시춘은 이불 속에서 크게 기지개를 켰다. 새벽에 눈이 떠졌지만, 밖은 아직 어두웠고, "아! 오늘 쉬는 날이지!" 하고는 다시 잠이 들었다. 몸에 들러붙어 있던 열흘간의 피로가 거짓말처럼 사라져 있었다. 머리를 정성껏 뒤로 빗어서 넘긴 다음 한 가닥으로 땋아 내려간 끝에다 빨간 댕기를 맸다. 그리고 몇 년 전에 어머니께서 지어 주신 나들이용 한복을 입었다. 처음 입었을 당시에는 너무 커서 치마 밑단을 줄여서 입어야 했는데

3장. 바람에 새기다

지금은 딱 들어맞는다. 옥희가 데리러 왔다. 옥희도 땋아 내린 머리끝에 빨간 댕기를 매고 있었다. 연분홍 저고리를 입은 시춘과 연두색 저고리를 입은 옥희의 치마는 같은 감색이었다.

"있잖아, 우리 꼭 쌍둥이 같다!" 옥희가 웃으며 말했다. 둘은 손을 잡고 히라노운하를 따라 이카이노의 거리를 걸었다. 거리의 어디를 가더라도 잡다한 소리가 나고 사람들의 목소리도 들려온다. 둔탁한 기계의 진동음과 아이를 야단치는 소리와 웃는 소리를 들어가며 허름한 집들이 늘어선 골목길을 활보했다.

"여기는 동포들이 모여 사는 '동포 동네'야." 옥희가 말했다.

"우리처럼 기미가요호를 타고 돈 벌러 온 사람들이 모여서 살고 있어."라며 말을 이었다. 어느 집 처마 밑에는 아기 기저귀와 함께 남자가 입는 큰 조선 바지가 걸려 있었다.

시춘은 히라노운하에 걸린 다리 난간에 서서 조심조심 아래를 내려다보았다. 흐르는 듯 마는 듯 천천히 밀려가는 운하의 흐름에 시선을 빼앗겨버렸다. 비가 오지 않는 한 강바닥에 물이 차지 않는 제주도의 하천들, 강바닥에 드러난 커다란 바위가 기억 속에 떠올랐다. '아아, 여기는 일본이지….' 바로 그때, 옥희가 "왁!" 하고 큰 소리를 지르며 시춘의 등을 떠밀었다. 깜짝 놀란 시춘이 "으악!" 하고 소리치며 옥희를 때린다. 둘은 서로를 찌르기도 하고 웃고 떠들면서 '이치죠' 거리를 지나 조선 시장으로 향했다.

시춘은 조선시장에 발을 들이자마자 "와아!" 하고 탄성을 질렀다. 고무신을 늘어놓은 상점이 있다. 보기에도 선명한 저고리를 만드는 옷감이 진열되어 있다. 마른명태가 있다. 소쿠리에 담긴 말린 고사리도 있다. 푸줏간 앞에는 제사에 쓰이는 돼지머리가 있고, 그 옆으로는 김이 모락모락 오르는 순대와 돼지고기 덩어리가 있다. 시춘은 잡고 있던 옥희의 손을 흔들어 대며, "이봐, 이봐. 여기가 오사카라고? 다시 제주도로 돌아온 느낌이야!"라고 외쳤다. 장을 보러 나온 손님들 중에는 저고리 차림을 한 여자도 많아서 시춘은 저 안에 억눌려 있던 무언가가 튕겨 오르는 것 같은 해방감을 느꼈다.

어물전 가게 앞에는 은색으로 빛나는 갈치가 긴 몸을 쭉 펴고 나란히 누워 있었다. 생선을 장만하고 난 부산물인 서덜도 소쿠리에 담겨 헐값에 팔리고 있었다. 시춘은 한 달에 한 번 어머니의 몸 상태가 괜찮을 때면 동생들을 데리고 제주도 오일장에 갔었다. 생선의 서덜은 가난한 시춘의 가족에게는 귀중한 단백질원이었다. 어머니가 만들어 주셨던 미역국 위에 떠 있는 생선 기름을 시춘도 동생들도 젓가락 끝으로 찌르고는 웃어대며 잡곡밥을 말아 걸신들린 것처럼 먹곤 했었다. 냄비 바닥에 가라앉은 서덜에 붙어 있는 살점을 후벼가면서 먹던 남동생과 여동생……. 눈물이 글썽글썽해진 시춘은 당황한 듯 눈을 깜빡거렸다.

가게 앞에서는 머리에 수건을 두르고 발등까지 내려오는 고

3장. 바람에 새기다

무로 된 긴 앞치마를 두른 사내가 생선을 장만하고 있었다. 들고 있던 생선 칼로 대가리를 단번에 잘라내고, 칼끝이 생선 배에서 꼬리를 향해 달리면서 내장을 발라내는 군더더기 없는 깔끔한 동작에 시춘과 옥희는 넋을 잃고 보고 있었다. 두 사람의 시선을 느낀 사내가 얼굴을 들었다. 사내의 시선이 두 사람을 번갈아가며 훑다가 시춘에게 머물렀다.
"시춘아! 시춘이 아니니?"
남자는 생선 칼을 내려놓았다.
"선생님!……"
옥희가 속삭였다.
"누구야? 아는 사람이니?"
"선생님, 야학 선생님……."
"그래…… 그랬구나. 이 조선시장은 말이야, 죽었다고 생각했던 사람도 만날 수 있는 곳이야. 돌아오는 길 알지? 길 잃어버리지 않도록 조심하고!"라며 옥희는 시춘의 등을 슬쩍 밀었다.
"천천히 있다 와. 나 먼저 갈게."라는 말을 남기고 옥희는 인파 속으로 사라졌다.
남자가 다가왔다. 시춘은 엉겁결에 눈을 깔았다.
"괜찮겠지? 잠깐만 여기서 기다려."
말을 남긴 남자는 가게 안쪽으로 향하더니 마침내 말쑥한 차림으로 옷을 갈아입은 딴 남자가 되어 나타났다. 두 사람은 조선시장을 가로질러 한동안 말없이 걸었다. 남자가 가까운 우동가게로 시춘을 데리고 들어갔다. 마주 보고 앉은 남자의 시선을 의식한 시춘은 얼굴을 들 수가 없었다. 우동이 나왔다.

"좀 달지도 몰라."

"예?"

"제주도에서 먹었던 우동과 비교하면 일본 우동은 좀 달게 느껴질지도."

"아아, 예."

"그럴 땐 이걸 뿌리면 돼." 남자는 탁자 위에 놓인 작은 용기의 뚜껑을 열고 고춧가루를 치려고 했지만, 힘이 너무 들어가서 그만 그 안에 있던 고춧가루의 태반이 우동으로 쏟아지고 말았다. 시춘이 얼른 젓가락으로 고춧가루를 건져서 자기 우동 그릇으로 옮겼다.

"아, 이 정도면 딱 적당히 매울 거야. 시춘이는 재치가 있네!" 남자가 말했다.

"자, 식기 전에 먹자." 둘은 동시에 젓가락을 들고 '후루룩' 우동을 들이키다가 동시에 콜록거렸다.

"아직 좀 맵구나." 남자가 말했다.

"이젠 괜찮아요. 맛있어요." 시춘이 말했다. 두 사람은 우동을 다 먹고 가게 밖으로 나오자 또 걷기 시작했다.

"선생님!" 하고 시춘이 불렀다.

"이제 난 선생님이 아냐. 생선이나 자르는 그저 그런 사람이야. 생선비린내 나지?"라며 남자가 웃었다.

"나는 농부다, 너는 노동자다, 우리는 똑같이 일하는 사람이다, 높지도 않지만 낮지도 않지……."

"대단하구나! 기억하고 있었네……."

"저는 고무 공장에서 일하고 있어요. 제가 고무 냄새나냐고 묻는다면 선생님은 꾸짖겠죠? 직업에는 귀천이 없다고, 땀 흘려 일하는 것이 고귀한 것이라고 가르쳐 주신 건 선생님이잖아요. 그런 말씀 하시는 건 선생님답지 않아요."

남자가 그 자리에 멈춰 서더니 머리를 긁적였다.

"그래, 맞아! 시춘이 말대로지. 반성할게. 그런데 선생님이라고 부르는 건 그만뒀음 하는데."

"전 선생님 이름을 몰라요. 그러니 선생님이라고밖에……."

"아아, 난 김종수(金宗守)라고 합니다. 그러니까 이제 선생님이라고 부르지 말아 주세요."

"예. 그럼 '김 상'이라고 부르겠습니다."

"김 상이라…. 그것도 왠지 좀…. 그래도 당분간은 그렇게 부르는 걸로 하지 뭐. 윤 상!"

둘은 얼굴을 마주 보며 웃었다.

"김 상이 여기 오사카에 있으리라고는 상상도 못했어요."

"나도 윤 상이 여기에 와 있을 것이라고는 상상도 못했지. 게다가 이렇게 만날 수 있을 것이라고는 더더욱……."

"무슨 일이 있었어요? 무슨 일이 있었죠? 우리한테 아무런 말도 없이 모습을 감춘 이유를 말해 주세요. 모두 얼마나 걱정을 했는데……."

시춘의 힐문에 가까운 말에 남자는 한동안 입을 다물었다.

"선생님, 아니 김 상!"

"……그 당시 야학은 일제 경찰의 집요한 추적으로 괴멸 상태에 빠져 있었어. '열등한 민족을 일본 천황의 황국 신민으로 만들어 준 은혜를 잊었느냐, 종주국인 일본에 거역할 셈이냐, 야학은 반일감정을 키우는 나쁜 놈들의 소굴이다.'라면서 말이야. 5월 5일 어린이날에 하귀에 있는 야학에서 공부한 청년들이 항일 데모를 일으켰는데 오십 명이 넘게 검거됐어. 내 소중한 친구도 그중 한 명이었지. 그는 가혹한 고문을 받은 다음 일본 탄광으로 끌려간 이후로 소식이 두절됐어. 그대로 있었다면 나도 징용을 당해서 탄광으로 끌려갔겠지. 일본을 위해 개죽음을 당하고 싶지는 않았어. 비겁자라는 말을 듣든 말든 나는 살고 싶었어. 그래서 일본에 온 거야. 식민지 종주국인 이 일본에……." 남자의 눈에서 눈물이 반짝였다. 시춘은 몇 번이고 고개를 끄덕였다.

"무사하셔서 더없이 다행이에요, 선생님……." 시춘의 뺨으로도 눈물이 흘러내렸다.

"선생님이라고 부르지 말랬잖아."

"전 역시 김 상보다 선생님이라고 부르는 게 더 편해요."

두 사람은 아무 말 없이 해 저문 이카이노의 거리를 걸었다.

"아, 그렇지! 함께 갈 곳이 있어!" 남자는 시춘을 재촉해서 조선시장으로 향했다. 조선시장 안에서도 유달리 큰 가게 앞에서 남자는 멈춰 섰다. '이형제상회'(李兄弟商會)라는 간판이 걸려 있었다. 간판에는 크게 '간장, 된장, 건조식품, 곡물, 해륙물산 각종'이라고 씌어 있었다. 남자는 손님들로 북적이는 가게 앞을 통해 안으로 들어가더니 얼마쯤 지나자 다시 돌아왔다. 그의 손에는 신문지로 싼 꾸러미가 들려 있었다.

"제주 앞바다에서 잡힌 오징어야. 말린 거니까 일본말로 '스루메'라고 하나? 공장의 식당 아주머니한테 구워 달래서 같이 먹어." 시춘은 고맙다고 하고 꾸러미를 받았다. 가게를 보고 있던 여자가 달려와서 남자에게 눈짓을 하더니 시춘에게 "힘내야 돼!"라고 낮게 힘주어 말하고는 가게로 돌아갔다.

"저 가게에는 생선과 육류 말고는 뭐든 다 있으니까 장을 볼 때는 저 가게에서 사면 좋아. 게다가…… 가게 매상의 태반이 조국의 해방과 독립이랑 연결돼 있어."라고 소리 낮춰 말했다. 무슨 얘기인지 몰라서 고개를 갸웃거리는 시춘에게 남자가 다시 말했다. "우리 민족을 되찾기 위해 활동하고 있는 거야. 여기 일본 오사카에서!" 옆에서 보는 남자의 얼굴에 자부심이 비쳤다. 시춘이 연필을 쥐고 올려다보던 예전 그 사내의 얼굴이었다.

그날 이후로 시춘이 쉬는 날이면 두 사람은 밀회를 거듭했다. 김 상이 종수상이 되고 윤 상이 시춘이 되기까지는 그리

긴 시간이 걸리지 않았다. 시춘은 더 이상 만날 수 없을 거라고 생각했던 선생님을 만났던 그 날의 일들을 때때로 떠올린다. 죽었다고 생각했던 사람을 만날 수 있다는 조선시장에서 재회가 이루어져서 부부가 된 것을 감사히 생각한다. '백년해로할 때까지 함께 살고 싶었는데…….' 영정사진을 바라보며 원망스러운 듯 생각에 잠긴다. 이웃 사람을 살리려다가 미군의 소이탄에 타 죽은 사람, 참으로 당신다운 죽음이었다고 생각한다. 그런 당신이었기에 지금도 이렇듯 애타게 그리운 것이라고 생각한다. 그제야 시춘은 남편의 유영 앞에서 겨우 일어섰다.

빳빳하게 풀을 먹인 하얀 치마저고리의 옷고름을 나부끼며 한 여자가 혼잡한 조선시장을 헤치듯이 나아간다. 허리를 곧추세우고 유연한 걸음걸이를 보이던 평소의 그녀가 아니었다. ……어떻게 이런 일이, 어떻게 이런 일이!…… 여자의 가슴속에서는 똑같은 말이 뱅뱅 돌고 있다.

여자는 단골손님에게 침을 놓고 있었다. 그 손님은 이카이노 일대에서는 보기 드문 알부자였다. 작은 선술집의 여주인으로 술안주가 싸고 맛있기로 정평이 나 있었다. 손님은 등을 훤히 드러내고 거실에 깔린 이부자리에 엎드려 있었다. 경대에 놓여 있는 라디오에서 유행가가 흘러나오고 있다. ♪언덕에 선 호텔의 붉은 등불도, 이 가슴속 등불도 꺼져갈 때면, 항구에 부

슬비가 내리는 듯한, 가락마저 구슬픈 휘파람 소리, 사랑의 밤거리로, 좁다란 골목길로, 흘러서 간다…….

"가슴을 애처롭게 파고드는 좋은 목소리네."

"얘, 열두 살이래. 천재 소녀가수 '미소라 히바리'의 '슬픈 휘파람'이야. 소문이긴 하지만 걔네 아부지가 우리와 같은 조선 사람이래."

"헤엥? 놀랍네!"

엎드려 있는 손님의 등에서 목덜미까지의 경락에 여러 대의 침을 놓으면서 여자는 라디오에서 흘러나오는 유행가에 귀를 기울이고 있었다. 뒤이어 '후지야마 이치로'가 부르는 '푸른 산맥'이 흘러나오던 도중에 갑자기 노래가 뚝 끊기더니, "임시 뉴스입니다! 임시 뉴스를 전해 드리겠습니다!"라는 딱딱한 목소리의 멘트로 바뀌어버렸다.

오늘 새벽 북위 38도선에서 북한군이 한국을 향해 포격을 개시했습니다. 그 30분 후에 약 10만 명의 병력이 38도선을 넘은 것으로 보입니다. 1950년 6월 25일 오전 4시, 북한군이 한국을 향해 포격을 개시했습니다…….

등과 목에 침이 꽂힌 채 엎드려 있던 여자는 젖가슴조차도 훤히 드러내며 일어나서 경대 위 라디오의 소리를 키웠다. 두 여자는 얼굴을 마주 보며 떨기 시작했다.

"뭐라고? 무슨 소리를 하는 거지? 알기 쉽게 좀 말해봐!"

"전쟁이야! 전쟁이 일어난 것 같아!"

"같은 조선 사람끼리 왜 전쟁을 한대?"

"38선 이북에는 소련이, 이남에는 미국이…… 아이고! 내가 알 리가 있나. 하지만 큰일이 일어난 것 같아!"

"이제 오늘은 손이 떨려서 침을 못 놓겠어. 다음에 하세."

여자는 단골손님의 어깨와 목에 놓았던 침을 떨리는 손으로 뽑고 돌아갈 채비를 시작했다. 침낭을 단단히 쥐고 여자는 장 보는 사람들로 붐비는 조선시장을 종종걸음으로 빠져나갔다.

"희동 어멍! 희동 어멍! 안에 있나?"

희동이네 집 문은 반쯤 열린 채 입구 쪽에 피워 놓은 모기향 연기가 가늘게 올라가다가 흔들리고 있었다. 시춘은 재봉틀을 돌리던 손을 멈추고 뒤를 돌아다보았다. 현관 쪽마루에 여자가 털썩 주저앉아 있었다.

"무슨 일 있었어요? 그렇게나 숨을 몰아쉬고……."

"전쟁이야! 전쟁이 났어!"

시춘은 그러는 여자의 말에 무심코 밖으로 나가 하늘을 올려다보았다. B29 편대가 하늘을 뒤덮었던 '오사카 대공습'을 떠올리고는 진저리를 쳤다.

"전쟁이라니, 설마……."

"그래, 바로 그 설마야! 북쪽과 남쪽이 전쟁을 시작했대!"

"아이고오!……"

방 안에서 자초지종을 듣고 있던 희동이 밖에 세워 둔 자전거에 뛰어올랐다. 그리고 히라노운하를 따라 온 힘을 다해 페달을 밟았다. 아리랑식당에 도착하자마자 가게 안이 쩌렁쩌렁 울릴 만큼 큰 소리로 들은 이야기를 전했다. 희동은 다시 자전거에 올라타고 신발 공장을 향해 자전거를 몰았다. 이번에도 재봉틀 소음에 묻히지 않을 만큼 큰 소리로 들은 이야기를 전했다.

아리랑식당의 주방에서 채소를 씻고 있던 동아는 희동의 큰 소리에 무슨 일인가, 하고 가게 안으로 향했다. 희동이 상기된 얼굴로 조선에서 전쟁이 일어났다고 외치듯 말하는 것을 들었다. 신발 공장에서 재봉틀을 밟고 있던 설아는 공장 입구에 장승처럼 버티고 선 희동이 목소리를 높여 조선에서 전쟁이 시작됐다고 말하는 것을 들었다. 동아는 앞뒤 생각도 하지 않고 밖으로 뛰쳐나갔다. 설아는 희동의 말을 몇 번이나 되새기더니 재봉틀을 멈추고 밖으로 뛰어나갔다. 둘은 히라노운하의 다리를 향해 달렸다. 숨을 헐떡이며 달려온 두 사람은 만나자마자 "들었니?"라고 동시에 묻고는 "들었어!"라고 동시에 답했다. 동아는 몸을 떨고 설아는 울고 있었다. 둘은 손을 맞잡고 다리 위에 웅크리고 앉았다. "어쩌면 좋지? 어떻게 될까? 아부지랑 어무니는……." 둘은 답이 나올 리도 없는 물음을 되풀이하면서 서로의 가슴에 방망이질 치는 고동을 느끼며 계속해서 울고만 있었다.

"누나! 동아누나! 식당 아줌마가 누날 찾고 있어. 이 바쁜 시간에 도대체 어딜 갔냐면서."

희동이 자전거에 걸터앉은 채로 말했다.

"타! 내가 식당까지 데려다줄게."

동아는 눈물을 훔치고 설아에게로 시선을 옮겼다. 설아는 알았다는 듯이 고개를 끄덕였다. 동아가 자전거 짐받이에 걸터앉았다. 자전거를 타고 멀어지는 두 사람을 바라보면서 설아는 잔잔하게 손을 흔들었다.

4장

바람에 흩날리다

설아는 실컷 젖을 빨고 자신의 팔에 안겨 잠든 가야의 머리에서 나는 향기를 맡는 것을 좋아했다. 그것은 가야가 기어 다니고, 무엇인가를 붙잡고 걸을 수 있게 되고, 떠듬떠듬 말을 시작하고, 대화를 할 수 있게 될 무렵까지 계속됐다. 가야의 머리에서는 햇살의 향기가 났다. 그것은 설아에게 치유이자 희망이었다.

어느 날 설아는 신발 공장 사장으로부터 사무실로 와 달라는 소리를 들었다. 뭐가 실수라도 한 게 있었나 싶어서 설아는 긴장으로 몸이 굳어졌다. 사장은 설아에게 일단 앉으라고 말했다. 고개를 숙인 채 앉아 있는 설아에게 사장이 이렇게 말했다.
"설아야, 그렇게 긴장하지 않아도 돼. 난 너를 열 살 때부터 봐 와서 잘 알고 있어. 몸을 사리지 않고 열심히 일해 온 너를 잘 알고 있지. 너도 이제 곧 스무 살이 되잖아. 실은 그래서 네게 부탁할 게 하나 있는데……."
사장은 테이블 위에 있던 녹차를 훌쩍거리면서 말을 이어 나갔다.
"어때? 우리 아들과 결혼해 주지 않을래?"
전혀 예상할 수 없었던 그 말에 고개를 숙이고 있던 설아는 화들짝 얼굴을 들더니 눈 하나 깜박이지 않고 사장의 얼굴을 올려다보았다.
사장 아들 승기는 신발 공장의 배달 일을 맡고 있었다. 배달은 대개 오후부터 시작되었다. 한가한 아침나절에는 나 보란 듯이 유행하는 옷을 차려입고 공장 안을 어슬렁거리며 일하는 척을 했다. 머리는 포마드를 발라 고정시켜 모양을 냈다. 어느 날 승기와 스쳐 지났던 설아는 그 낯선 포마드 냄새에 자기도 모르게 얼굴을 찌푸렸다. "이봣! 지금 누구한테 그런 얼굴을 하는 거얏!" 고함소리가 날아들었다. 그날 이후로 설아는 승기를 보면 되도록 멀리 피했다.

"우리 아들은 응석받이로 커서 큰일이야. 너같이 성실한 아가씨와 결혼만 한다면 승기도 온전한 사람이 될 수 있을 거라고 생각해. 우릴 살려 준다고 생각하고 결혼해 주지 않을래? 뭐, 갑작스런 이야기니까 바로 답을 주기는 어려울 거라고 생각하지만, 너를 평생 고생시키는 일은 없을 거다."

사장의 말을 듣고 보니 요즘 승기가 보였던 행동에 비로소 납득이 가는 바가 있었다. 설아가 일을 마치고 옷을 갈아입고 공장 문을 나서면 기다리고 있었다는 듯이 승기가 모습을 드러내는 일이 한두 번이 아니었다. 마치 값이라도 매기는 것처럼 설아의 온몸을 훑어보고는 느끼한 웃음을 흘리며 발길을 돌렸다. 어떤 날은 느닷없이 어깨를 붙잡았다. "제주도 촌뜨기도 나이가 차니까 그런대로 봐줄 만은 하네!"라고 말하는 입에서는 고약한 담배 냄새가 확 풍겼다. "아! 설아야! 마침 잘 만났네. 이거 좀 옮겨 줘. 무거워서 팔이 빠질 것 같다." 공장 식당 아주머니는 어쩌지도 못하고 우두커니 서 있는 설아를 보자 몸을 부딪치듯 달려와 식재료가 가득 찬 장바구니를 설아에게 떠안겼다. 그렇게 아주머니의 기지로 그 자리를 벗어난 적도 있었다.

 설아는 그 후 어떤 표정으로 재봉틀 앞에 앉아 있었는지 기억이 없다. 숙련공이라고 할 수 있는 설아가 그날은 실 조절이 잘 안 되어서 몇 번이고 실을 끊어먹었다.

 일을 끝내고 설아는 아리랑식당으로 향했다. 그 식당은 저녁을 먹는 노동자들로 붐비고 있었다. 동아는 주문을 받고 요리를 나르고 식사를 끝낸 손님들의 식기를 치우면서 빠릿빠릿하게 움직이고 있었다. 동아는 설아를 보자 놀라서 눈을 동그랗게 뜨더니 이어서 눈짓을 했다. 설아는 식당 안쪽의 주방으로 가서 설거지를 하고 상차림을 도왔다. 일단 가게가 바쁜 고비를 넘기자 동아는 양은 냄비에 든 김이 모락모락 나는 볶음 냄비우동을 들고 오더니 턱으로 2층을 가리켰다. 둘은 삐걱거리는 계단을 올라 동아의 방으로 들어갔다. 다다미 넉 장 반이 깔린 두 평 남짓한 간결한 방이었다. 방 한구석에는 개어 둔 이불이 있고 중앙에는 자그마한 앉은뱅이 밥상, 그리고 옷가지를 넣어 놓은 골판지상자 몇 개, 설아가 기숙하는 곳과 별반 다를 게 없었다. 다만, 동아 방의 옷걸이에는 연분홍색 작은 꽃들이 점점이 박힌 둥근 깃의 하얀 블라우스가 걸려 있었다.

 설아는 밥상 위를 정리하려고 허리를 굽혔다. 손거울과 공책과 연필과 지우개가 있었다. 공책 표지에는 비눗방울 놀이를 하고 있는 여자아이와 남자아이의 그림이 있고, '한자연습장'이라고 적혀 있었다.

"뭐야? 이건?"

"으응, 희동이가 줬어. 이제 한자도 공부하라면서. 아참! 설아니 것도 있어."

설아는 공책을 펼쳤다. 숫자 '一'부터 시작하고 있었다. 처음 쓰는 부분에는 짙게 인쇄가 되어 있고, 이어지는 선을 좇아 써 나가면 쓰는 순서를 익힐 수 있게 되어 있었다. 공책의 절반 정도에 연습한 흔적이 있었다.

"언제 받았는데?"

"으음… 지난주 이맘때쯤이었나?"

"다음엔 언제 만나?"

"모레 이 시간 때쯤."

"자주 만나?"

"그런 걸 왜 꼬치꼬치 캐묻니? 자, 어서 먹어. 우동 불겠다."

우동을 '후루룩' 빨아들일 때마다 동아의 뺨에 보조개가 뜬다. 웃으면 더 선명하게 보조개가 피겠지. 동아와 마주 앉아 우동을 먹던 설아는 이 냄비 안에 고춧가루를 듬뿍 뿌려서 새빨갛게 만든 다음, 그 매운맛에 겨워 눈물을 흘려가며 먹고 싶다고 생각했다.

"너, 무슨 일 있었지? 평소에는 한가한 시간을 골라서 왔으면서 오늘은 어떻게 된 거니?"

동아의 물음에도 한동안 대꾸를 하지 않고 있던 설아는 "아아, 그것 때문에 왔었지!" 하고는 드디어 무겁게 입을 열었다. 이야기를 들은 동아는 젓가락을 내려놓고 손뼉을 치면서 큰 소리로 말했다.

"와아! 옥가마 탄다는 얘기지? 설아야!"

"옥가마라니, 그게 뭔데?"

"넌 예나 지금이나 세상 물정을 너무 모른다니깐! 옥가마를 탄다는 건, 가난한 집 아가씨가 부잣집 도련님 눈에 들어서 호강을 하게 된다는 뜻이야. 굉장해! 굉장한 일이야!"

"부자가 되는 게 그렇게도 좋은 일인가?"

"우리가 어떤 심정으로 지금까지 살아왔다고 생각해? 밀항선을 타고 죽을 고생을 견디면서 일본에 도착했는데……. 지금도 가끔 밀항선을 타고 흔들리는 꿈을 꾸면서 가위눌리는 때가 있어. 설아 너도 그렇지? 이제 그런 생각 안 해도 된다는 얘기야. 게다가 너희 사장님이 직접 부탁한 거라며? 그렇게 되면 넌 재봉틀 앞에 들러붙어 평생을 마치는 게 아니라 안방마님으로 살 수 있는 거라고!"

"하지만 난 그 사람이 꺼려져. 맨날 포마드 냄새나 풍기고……."

"설아 너, 잘 들어! 포마드는 아침에 바르는 거야. 저녁에 목욕할 때 머리 감아버리면 포마드 냄새는 안 나! 알겠어? 아부지랑 어무니가 이 일을 알면 얼마나 기뻐하실까?"

동아가 너무나도 반색을 하며 수선을 떠는 통에 설아는 더 이상 아무 대꾸도 할 수가 없었다. 돌아오는 길에 설아는 히라노운하를 가로지른 다리의 난간에 서서 어두워져 흐름도 보이지 않는 수면을 바라보며 눈물을 흘렸다.

　신발 공장과 거기 딸린 숙소만 오가는 동안 눈 깜빡할 사이에 십 년이라는 세월이 흘렀다. 일에 익숙해지려고 있는 힘을 다했다. 일본어를 배우는 일에도 열심이었다. 숙련공이 되면서 급여도 올라 조금은 마음에도 여유가 생겼다. 재봉틀의 진동이 언제부터인가 설아의 바이오리듬이 되어 있었다. 언젠가 제주도의 부모님과 다시 만날 그날만을 그리면서 절약을 하고, 한창때를 맞은 아가씨로서의 즐거움조차 뒤로 미루어 왔던 설아였다. 청춘을 제대로 맛보지도 못한 채 결혼을 해야 한다고 생각하니 그간 잘 대해 주시던 사장님마저 밉게 느껴졌다.

　거절하면 공장에 있기 힘들어지겠지. 새 일을 찾는 것도 거처를 구하는 것도 큰일이겠지. 특히나 이카이노는 혈연과 지연에 의지해서 제주도에서 오사카로 건너온 사람들이 이룬 동네라서 소문은 삽시간에 퍼진다. 차라리 이 동네에서 도망을 쳐버릴까도 설아는 생각했다. '이제 일본말도 문제없고 히라가나 정도는 읽을 수 있다. 오사카 사투리도 잘 쓸 수 있다. 그러나 '개목걸이'(외국인 등록증)가 없다. 만약 무슨 일이 생겨 붙잡히게 되면 그 악명 높은 '오오무라수용소'(나가사키현 오오무라에 있는 불법입국자 강제송환 수용소. 인권 무시와 열악한 환경으로 악명을 떨쳤다)행이다. 그렇게 되면 이제 아부지와 어무니를 만날 수 없게 된다⋯⋯.' 이런저런 생각을 하다 보니 설아는 자신의 처지가 너무도 한심스러워 난간에 기대어 서서 그냥 한참을 울었다. 정신을 차려보니 비가 내리고 있었다. 비는 설아의 머리를 적시고 어깨를 적셨다. 비를 맞고 병에 걸려 죽을 수 있다면 차라리 그게 편할지도 모르겠다⋯⋯. 설아는 그렇게 한참 동안을 비를 맞고 다리 난간에 서 있었다.

사람의 왕래가 끊어진 거리에서 비옷을 걸친 경찰이 순찰을 돌고 있었다. 거리의 불빛이 닿지 않는 골목길을 손전등으로 비추며 이상이 없는지를 확인하고 있었다. 그 손전등이 다리 위쪽을 비추었다. '밀항자 사냥이다!' 순간 설아는 몸을 숙이고 근처의 골목으로 숨어들었다. 그리고는 경찰이 멀어지기를 기다렸다가 뛰어서 숙소로 돌아갔다.

다음 날 아침, 설아는 평소와 다름없이 눈을 떴다. 열은 없었다. 어젯밤 흠씬 젖은 채 돌아왔던 설아가 자기 방으로 들어서자마자 입고 있던 옷을 전부 벗고 수건으로 온몸을 문지르듯 닦았던 것이 효과를 본 것 같았다. 설아는 공장에서 재봉틀을 밟으면서 이럴 때일수록 침착하자, 침착해야 한다고 스스로에게 거듭해서 다짐을 들려주었다. 아직 스무 살이 되기까지는 시간이 있다. 사장님이 물으시면 좀 더 생각할 시간을 달라고 하자. 그러는 사이에 무슨 좋은 방도가 떠오를지도 모른다. 이럴 때일수록 평소와 다름없이 생활해야 한다고 재봉틀의 진동에 몸을 맡기며 설아는 생각하고 있었다.

 일을 끝내고 저녁식사를 마친 설아는 자기 방으로 가서 아무것도 하지 않고 이불 위에서 뒹굴었다. 비가 새서 천정에 퍼져 있는 얼룩을 바라보고 있자니 제주도에서의 하루하루가 그립게 떠올랐다. 뜨끈뜨끈한 온돌에 등을 지지면서 아버지, 어머니, 동아와 나, 그렇게 넷이서 뒹굴뒹굴하면서 아버지가 들려주는 "옛날에 한 옛날에 호랑이가 담배 먹던 시절에……."로 시작되는 옛날이야기에 귀를 기울이던 기억 말이다. 동아는 어머니 겨드랑이에 얼굴을 묻고, 설아는 말할 때마다 불룩거리는 아버지 배에 손을 얹고 홀리듯이 듣고 있었다.

 멀건 죽으로 저녁 끼니를 때운 다음에는 언제나 이렇듯 네 식구가 방 안에서 뒹굴거렸다. "자꾸 움직이면 배가 빨리 꺼지니까 아부지가 해 주시는 옛날얘기나 듣자꾸나."라고 어머니가 말했다. 그런 생활이 결혼이라면 이렇게 괴로워할 일은 없겠지. 하지만 그 포마드 머리 승기와의 결혼은 비록 살림살이는 넉넉할지 몰라도 뭔가 예기치 못한 불행이 일어날 것만 같다는 예감을 떨칠 수가 없었다.

 설아는 몸을 일으켜 한자연습장을 손에 들었다. 육각연필의 모서리를 면도칼로 깎아서 연필심을 뾰족하게 다듬었다. 첫 페이지에 있는 '一'을 따라서 쓰려는데 그만 연필심이 부러지고 말았다. 다시금 면도칼로 연필심을 뾰족하게 만들었다. 그런데 또 심이 부러졌다. 지우개로 지웠다. 첫째 칸에 구멍이 날 것만 같았다. 설아는 손에 힘을 빼고 뭉툭해진 연필심 그대로 따라쓰기를 시작했다. '二'를 따라서 쓰고, '三'을 따라서 쓰고, '十'까지 따라쓰기를 마쳤다. "일, 이, 삼, 사……." 먼저 조선말로 숫자를 읽고, 다음은 "이치, 니, 산, 시……." 일본말로도 숫자를 읽었다. "후훗!" 어쩐지 마음이 조금은 가벼워지는 것 같기도 했다.

연필가루가 묻은 손이 검게 얼룩져 있었다. 설아는 공동수도로 가서 수도꼭지를 틀고 비누로 손을 씻었다. 그런데 분명 방문을 닫고 나왔는데 설아 방 쪽에서 미닫이문을 여닫는 소리가 났다. 수건으로 손을 닦은 설아는 자기 방 앞에 섰다. 전깃불이 꺼져 있었다. 분명 전깃불을 켜둔 채 방을 나왔었다. 귀를 기울여보았다. 아무 소리도 나지 않는다. '착각이었나?'라고 생각한 설아는 방으로 들어갔다.

순간 어둠 속에서 누군가가 입을 틀어막으면서 설아를 이불 위로 밀쳐 쓰러뜨렸다. 죽을힘을 다해서 발버둥 치며 몸을 빼내려 기를 써봤지만, 사내의 육중한 몸은 설아에게 찰싹 달라붙어서 그 오른손을 설아의 하반신으로 벋쳐 왔다. 있는 힘을 다해 저항하는 설아의 뺨으로 사내의 둔중한 손바닥이 연이어 두 번, 세 번 세차게 날아들었다. 고막이 저리고 온몸의 힘이 쭉 빠졌다. 설아는 어둠 속에서 자신을 덮치고 있는 남자의 포마드 냄새를 맡았다. 남자가 나갔다. 설아는 이불 위에

4장. 바람에 흩날리다

 사지가 내던져진 채 손가락 하나 까딱할 수가 없었다. 어둠에 익숙해진 눈으로 서서히 밥상 위의 한자연습장이 들어왔다. 설아는 일어나려고 했지만, 하복부에 묵직한 통증이 느껴져 호흡을 가다듬어야만 했다. 가까스로 몸을 일으키기는 했지만 극심한 통증이 엄습해 바로 웅크리고 앉았다. 백열등을 켜고 방안을 둘러보았다. 요 위에 빨간 얼룩이 배어 있었다. 손거울은 코피가 엉겨 붙은 설아의 얼굴을 여실히 비추고 있었다. 옷에도 혈흔이 묻어 있었다. 설아는 간신히 윗옷을 걸치고 밖으로 나갔다.

 사장 가족은 신발 공장 2층에 살림집을 차려 거주하고 있었다. 설아의 숙소에서는 걸어서 오 분 정도의 거리다. 걸을 때마다 묵직한 통증이 온몸을 파고들었다. 심야에 가까운 시간이었다. 재봉틀 공장 근처의 가로등이 깜빡거리고 있었다. 설아는 계단을 기듯이 올라갔다. 숨을 고른 다음 주먹으로 현관문을 두드렸다. 집안은 어두웠다. 다시 한번 현관문을 두드렸다. 집 안에 전깃불이 밝혀지고 사람의 그림자가 움직였다.

"누구세요?"

"설압니다. 문 좀 열어 주세요!"

 사장이 현관문을 열었다. 그는 설아를 보자마자 그 자리에 얼어붙었다.

"어떻게 된 거냐, 설아야! 대체 무슨 일이 있었던 거야?!"

 안에 있던 부인도 무슨 일인가 하고 얼굴을 내밀었다.

"자물쇠를…… 자물쇠를 달아 주세요. 제 방에 자물쇠를……."

그렇게만 말하고 설아는 그 자리에 무너져 내렸다.

"여보, 구급차 불러! 빨리 전화해!"

"구급차는 안 돼! 이런 한밤중에 사이렌 울리면서 우리 집으로 달려오면 근방에 소문이 다 난단 말이야!"

"지금 그런 말을 하고 있을 때야?!"

"우리가 항상 다니는 무라키 선생한테 전화해볼게."

설아는 희미해져 가는 의식 속에서 두 사람의 대화를 듣고 있었다. 거실로 옮겨진 설아는 얇은 담요를 덮고 누워 있었다. 이윽고 담요가 걷히고 설아에게 무슨 일이 일어났는지를 알아챈 무라키 선생과 사장은 설아를 들어서 무라키 선생의 차에 태웠다. 부인은 사장의 지시대로 설아 방의 뒷정리를 하러 갔다. 설아는 '무라키 의원'의 별채로 옮겨져 그곳에서 사흘간 요양했다. 사장 부인이 세 끼 식사를 가지고 왔지만 처음 이틀간은 그냥 잠만 자고 있었다. 사흘째가 되어서야 겨우 음식을 입에 댔다. 부인이 식기를 들고 별채를 나간 후 사장이 물어보기가 괴롭다는 듯이 말을 꺼냈다.

"설아야, 그… 그날 밤 일 말인데, 그 사내가 누군지 짐작 가는 데는 있니?"

고개를 숙이고 있던 설아는 천천히 얼굴을 들더니 사장의 얼굴을 올려다보았다.

"……아드님인 승기 씹니다."

"왜 그렇게 생각하는지 말해 주겠니?"

"포마드 냄새가 났습니다. 그리고……."

설아가 이불 밑으로 손을 넣어 호안석으로 된 커프스버튼을 꺼냈다.

"이게 떨어져 있었습니다."

승기가 여봐란듯이 뽐내던 황갈색 커프스버튼이었다. 배달을 마친 승기는 퇴근 시간이 되기도 전에 집으로 돌아가서 최신 유행복으로 갈아입고 아직 일을 하고 있는 직공들을 곁눈질로 무시하며 어디론가 외출하는 일이 잦았다. 계단 중간에 멈추어 서서 커프스버튼이 눈에 잘 띄도록 팔을 들어 올려 포마드 바른 옆머리를 귀 뒤쪽으로 쓸어 넘겼다.

"거, 멋진데! 여기서 봐도 광채가 나네!"

초로의 직공이 승기를 올려다보며 말했다.

"아아, 이건 말이야, 호안석이라는 건데, 영어로는 '타이거 아이'라고 하지! 빛을 받으면 이 돌의 줄무늬가 호랑이 눈처럼 보인대서 붙여진 이름이야. 나쁜 것들로부터 몸을 보호하고 금전운과 사업운도 불러오는 돌이거든."

"그럼 도련님은 무서울 게 없겠네! 헤헤……."

직원의 아첨 섞인 웃음을 뒤로 하고 승기는 의기양양하게 공장을 나갔다. 승기의 모습이 보이지 않게 되자 "퉤!" 하고 침을 뱉는 사람, "쯧쯧! 사장님이 안됐어. 아들 하나 있는 게 저 모양이니 원….” 하고 중얼거리는 사람, "이 공장도 저 아들 대에서 망할 거야. 우리도 다음 일자리를 찾아봐야 한다니까….”라고 자조 섞인 목소리로 말하는 사람들이 있어서 공장 사람들 모두 호안석에 대해서 알고 있었다.

 사장은 깊은 한숨을 내쉬고 호안석을 상의 주머니에 건사했다. 설아는 줄곧 품어 왔던 생각을 말했다.

 "지금까지처럼 공장에서 일하게 해 주세요. 갈 곳이 없습니다. 그날 밤의 일은…… 잊겠습니다…….”

 "……그렇구나. 미안하다. 승기는 다른 공장으로 보내도록 하마. 그놈과 얼굴을 마주치지 않고 지낼 수 있도록 해 줄게. 방에 자물쇠도 달고. 우리 설아가 그만두면 큰 손해지. 넌 이제 베테랑이니까.”

 사장은 그렇게 말하고 힘없이 웃었다. 설아는 그날 밤 사흘 만에 공장의 숙소로 돌아왔다. 이불을 펼쳐 놓은 채로 뛰쳐나온 방은 깨끗하게 정리되어 있었다. 이불에는 깨끗한 홑청이 새로 씌워져 있었고 미닫이문에는 자물쇠가 달려 있었다. 설아는 그저 멍하니 밥상 앞에 앉았다. 한자연습장이 눈에 들어왔다. '一'부터 '十'까지의 네모 칸이 메워져 있었다. 손대지 않은 2획과 3획에 이어 4획으로 페이지를 넘겼다. 원래 인쇄된 글자 옆에 연필로 쓴 작은 메모를 발견했다. '원기(元氣)의 원(元), 건강하게 지내.' 손 수(手)자 옆에는 '데가미(手紙: 편지)의 데(手), 조만간 편지해 줘.' 희동이 적어 놓은 것이었다. 설아는 그

날 밤 자신에게 무슨 일이 일어났는지, 또한 그것이 무엇을 의미하는 것인지를 뼈저리게 느끼고 몸을 떨며 서러운 울음을 울고 또 울었다.

  무라키 의원의 별채에서 돌아온 설아는 그 후로도 이틀간을 계속 누워만 있었다. 사장한테 앞으로도 계속 일하게 해 달라고 말은 했지만, 기운이 나지를 않았고 미열도 계속되고 있었다. 사장 부인이나 신발 공장 동료들이 식사를 가지고 와 주었다. 공장 사람들에게는 감기가 악화되어 폐렴이 됐는데 차츰 좋아지고 있다고 말해 두었다.

  닷새째가 돼서야 설아는 겨우 공장으로 나갔다. 만나는 사람들 모두가 걱정스러운 얼굴로 설아를 맞이했다. 설아는 이제 괜찮다며 웃는 얼굴을 보여주려고 했으나 아무리 애써도 웃는 얼굴을 지을 수가 없었다. 설아는 닷새 만에 재봉틀 앞에 앉아서 발판을 밟았다. 둔탁한 진동이 발바닥으로부터 온몸으로 울려온다. 설아는 십 년 가까이 이 신발 공장에서 일을 해왔다. 잡일을 얼마간 한 다음 처음으로 작업을 맡아서 재봉틀 앞에 앉았던 그 날의 일을 지금도 또렷하게 기억하고 있다. 하루 일이 끝나면 재봉틀을 깨끗이 닦고 기름을 쳐서 내일 작업도 이상 없이 할 수 있도록 늘 신경을 써 왔다. 열심히 일해서 언젠가 제주도의 부모님께 효도할 거라고 다짐을 하면서 쉬지 않고 일해 왔던 것이다. 그런데, 그런데!…… 설아는 작업을 하던 도중에 몇 번이고 심호흡을 했다. '아무것도 달라진 건 없어.

그 정도 일로 난 달라지지 않아! 앞으로도 나는 재봉틀을 밟으며 계속 일할 거야. 그리고 부모님께 효도할 거야!' 재봉틀의 진동은 곧 설아의 심장이 뛰는 소리였다. 설아 전용의 재봉틀은 설아의 청춘 그 자체였다.

설아는 일에 열중하는 것으로 생각하고 싶지도 않은, 그날 밤의 일을 잊으려고 애썼다. 숙련공의 위치에 있는 설아의 급여는 성과급이라서 작업을 많이 하면 할수록 급여가 늘어나는 구조였다. 방으로 돌아와 잠들면 악몽에 시달렸다. 설아는 자청해서 잔업을 하는 일이 잦아졌다. 녹초가 되어서 돌아와 잠들면 꿈을 꾸는 일도 없을 것이다. 동아와 만나는 기회도 줄였다. 동아를 만나면 희동한테 자꾸 신경이 쓰였다. 한자연습장은 덮어둔 그대로다. 설아는 동아가 만나자고 해도 일이 바쁘다는 핑계를 대고 그냥 계속해서 재봉틀을 밟았다.

스트레스를 해소하는 유일한 방법은 잔업을 끝내고 대중목욕탕에 가는 것이었다. 심야의 목욕탕은 손님도 적고 욕조에 몸을 담그고 팔다리를 길게 벋으면 굳어 있던 몸이 풀렸다. 욕조에 잠긴 채 눈을 감는다. '아이! 아부지한테도 어무니한테도 이 기분 좋은 느낌을 맛보게 해 드리고 싶다'고 생각한다. 제주도에서는 물독의 물을 바가지로 퍼서 대야에 붓고 새가 멱을 감듯 서둘러 몸을 씻는 것이 고작이었다. "물을 함부로 하면 안 된다!"는 것이 어머니의 입버릇이었다. '아이! 지금 어무니의 목소리를 간절히 듣고 싶다.'

설아는 완전히 데워져서 연분홍빛으로 물든 몸을 욕조에서 빼내 탈의실로 가서 옷을 갈아입기 시작했다. 셔츠가 젖꼭지에 닿았을 때 약간의 위화감을 느꼈다. 쓸리면 아프다. 왠지 젖가슴이 부풀어 있는 것처럼 느껴진다. 거울에 비춰 봤지만 별 이상은 없는 듯하다. 기분 탓일 거라고 여기고, 몸이 식어 한기를 느끼게 되면 큰일이라는 생각이 들어 서둘러 옷을 갈아입고 목욕탕을 빠져나왔다.

이튿날 아침, 겨울용 신발의 견본이 공장에 도착했다. 아침저녁으로는 좀 선선해졌지만, 낮에는 아직 늦더위가 가시지 않고 있는 이 시기에 방한용 신발의 부품을 손에 잡으니 땀이 배어 나온다. 계절을 앞서가야 하는 이 업계는 코가 트인 갑피에서 코를 완전히 덮는 동절기용 갑피로 단번에 전환한다. 보온 대책으로 갑피 밑에 도톰한 보아 털 원단을 겹쳐 이중으로 박음질을 한다. 이에 맞춰 재봉틀을 담당하는 여공들은 바늘과 실의 굵기를 바꾸어 조절한다. 여기가 숙련공들의 솜씨가 드러나는 부분이기도 하다. 설아는 왠지 이 긴장감이 싫지만은 않았다. 동일한 제품의 색깔별, 사이즈별 부품을 재봉틀에 걸어 몇백 번이고 몇천 번이고 그 진동에 몸을 맡겨 박음질을 하고 있으면 졸리는 때도 있다. 여러 가지로 고안을 해서 새 갑피를 박음질하고, 그것들을 상자에 담아 다음 공정으로 넘겨 한 켤레의 완성품이 되어 돌아와 내 손에 들려질 때는 약간의 자부심과 함께 환희마저 느꼈다.

설아는 이제부터 이중으로 박음질에 들어가게 될 겨울용 갑피와 보아 털 원단을 손에 들고 재봉틀 앞에 앉았다. 바늘을 조절하고 실의 굵기를 바꾸고 테스트용 박음질을 해봤다. 선배 숙련공으로부터 "오케이!"가 날 때까지 몇 번이고 다시 해봤다. 마침내 "오케이!"를 받게 되면 그 다음에는 일사천리로 진동의 리듬에 몸을 맡기고 박음질만 하면 된다. 처음에는 어색했던 손놀림도 한 시간만 지나면 익숙해지겠지. 설아는 살짝 긴장하며 작업을 개시했다. 그러나 한 시간도 채 지나지 않아서 변소로 달려갔다. 며칠 전부터 속이 더부룩해서 식사를 제대로 하지 못하고 있었다. 공장에서 주는 밥은 보는 것만으로도 속이 울렁거려서 스스로 소면을 삶아서 먹거나 과일가게에서 잘라서 파는 수박을 사다가 그것을 밥 대신에 먹었다. 그런데 뱃속이 거의 텅 비어 있는데도 구역질은 좀처럼 가라앉지를 않는다. 설아는 목구멍으로 손가락을 집어넣어 토하려고 했다. 눈물과 함께 위액이 올라왔다. 수돗가로 가서 입을 헹구고 얼굴을 씻었다.

 "왜 그래? 설아야! 얼굴색이 좋질 않아!" 동료들의 말에 "괜찮아, 괜찮아."라고 대답하고 재봉틀 앞에 앉으려던 설아는 그만 의자와 함께 뒤로 넘어가고 말았다. 허벅지를 뜨뜻미지근한 무언가가 적셔 간다. 일어나려고 했지만, 전혀 몸에 힘이 들어가지를 않는다. 설아 주위로 사람들이 모여들어 에워쌌다. "구급차! 구급차를 불러!" 고함소리를 들으면서 설아는 정신

4장. 바람에 흩날리다

을 잃었다.

 ……흔들리고 있다. 몸이 계속 흔들리고 있다. 물 위에 떠 있는 것 같다. 몸에 전혀 힘을 줄 수가 없다. 그저 하늘만 바라보고 있다. 하늘은 왠지 하얗다. 몸 아래쪽을 흐르는 물이 때때로 잔물결이 되어 온몸을 적시지만 차갑지는 않다. 팔도 다리도 축 늘어진 채 마냥 흔들리고만 있다…….

 설아는 물 위에 떠 있는 자신의 몸이 모종의 강한 힘에 이끌려 올라가는 것을 느꼈다. 무언가에 붙잡힌 손바닥에서부터 색채가 되살아나는 것을 느꼈다. 가늘게 눈을 뜨자 눈물을 한가득 채운 동아의 눈동자가 코앞에 있었다. 동아의 눈에서 눈물이 뚝 뚝 떨어져 설아의 뺨을 적셨.

 "둘이서 한몸이라고, 우리 둘은 절대 손을 놓아선 안 된다고 어무니가 말했잖아. 그런데… 그런데 왜 아무 말도 해 주질 않았어?!"

 동아의 어깨너머로 병실 앞에 서 있는 희동이 보였다. 담당 여의사가 병실로 들어왔다.

 "이제 괜찮아요. 아기가 엄마 배를 단단히 붙들고 있어요. 당분간은 안정을 취해 주세요."

 멍하니 듣고만 있던 설아를 대신해서 동아가 고맙다며 고개를 숙였다. '대체 무슨 말을 하는 거지? 아기? 엄마? 나를 두고 하는 말?!' 혼란에 빠진 설아는 동아를 쳐다보았다. 동아는 몇 번이고 고개를 끄덕였다. 온몸의 피가 전부 발끝으로 빠져나가는 것 같았다.

……그 물속으로 돌아가고 싶어. 살랑살랑 흔들리는 채로 어딘가로 사라져버리고 싶어! 어떻게 하나. 어떻게 하면…….

동아가 종이봉지에서 사과를 꺼냈다.

"맛있겠지? 지금 깎아 줄게!"

동아가 과도를 가지러 간 틈에 설아는 창가로 다가갔다. 2층이었다. 죽을 수는 없겠지만 애는 떨어지겠지. 창틀에 오른발을 올려서 올라선 다음 왼발을 마저 끌어올렸다. 심호흡을 하고 창문에서 손을 놓으려고 할 때, 굵직한 팔이 설아를 당겨 옆으로 안아서 침대 위에 뉘었다.

"그러지 마! 설아야! 부탁이니까 제발 그러지 마!"

사장이 톤 굵은 사내울음을 울고 있었다.

그날 밤 동아에게 그간의 이야기를 전해 들은 시춘은 곧장 사장의 집으로 달려갔다. 설아의 마음을 헤아리자니 안절부절 도저히 가만히 있을 수가 없었다. 신발 공장에 소문이 퍼지고 있다. 착실하게 일을 해 왔던 설아를 나쁘게 말하는 사람은 없다. 아무래도 사장의 외동아들인 승기가 손을 댄 것 같다고 수군대고 있다. 이카이노 일대에 그 소문이 퍼지는 것은 시간문제다. 옥가마를 탈 것인가, 흠이 있는 여자라는 굴레를 안고 살아갈 것인가?

설아와의 첫 만남을 시춘은 지금도 생생히 기억하고 있다. 꾀죄죄하고 야윈 쌍둥이 소녀는 서로의 손을 꼭 잡고 있었다.

두려움과 경계심이 온몸에서 배어 나오고 있었다. 제주말로 말을 걸자 그제야 겨우 경계심을 풀었다. 그날로부터 거의 십 년이라는 세월이 흘렀다. 도톰한 눈꺼풀을 가졌던 설아는 시원한 눈매를 지닌 설아가 되었다. 말도 통하지 않는 타국 땅에서 치열하게 살아온 소녀의 인생이 이렇듯 허무하게 더럽혀져서야 어디 될 일인가?! 제주도에서 함께 야학에 다녔던 소꿉친구 선희가 고아로 남긴 설아와 동아였다. 시춘은 두 아이를 처음 만났던 그 날부터 그들의 어머니를 대신해야겠다고 결심했던 터였다.

원래부터 사장은 설아와 아들의 결혼을 바라고 있었다. 아들의 악행으로 인해 설아가 불행해지는 것을 바라지는 않았다. 소문이 더 퍼지기 전에 서둘러 간단한 결혼식을 올리기로 했다. 사장 부부와 설아 부모를 대신한 시춘과 동아, 그리고 결혼 당사자들만 참석한 조촐한 결혼식이 사장의 집에서 거행되었다. 집으로 사진사를 불러 두 사람의 결혼 기념촬영을 했다. 급히 만든 하얀 치마저고리를 입고 있는 설아가 만약 레이스가 달린 면사포를 쓰지만 않았더라면 수의(壽衣)를 입은 것으로 착각해도 될 만큼 무거운 분위기가 감돌고 있었다. 동아가 핏기없는 설아의 볼에 연지를 찍고 입술에도 얇게 붉은 연지를 칠했다. 그것만으로도 평소에는 수수해 보이던 설아의 인상이 한층 화사해졌다. 양복 차림을 한 승기는 체념한 듯 고분고분한 얼굴을 하고 있었다.

이날 신발 공장은 잔업 없이 정시에 일을 마쳤고, 직원 전원에게 2단 찬합으로 된 고급 도시락이 제공되었다. 아랫단에는 붉은 팥밥, 윗단은 온전한 모양의 도미 한 마리에 홍백의 고급 어묵(이상의 세 가지가 그렇듯 일본에서는 경사에 붉은색을 띤 음식을 마련하는 풍습이 있는데, 이는 붉은색이 액운을 막아준다는 생각에서 유래. 역자 주)과 소고기볶음 등이 고운 빛깔을 띠고 담겨 있었다. 사장이 직접 한 사람 한 사람에게 도시락을 건네며, 젊고 서투른 두 사람의 앞날을 따뜻한 마음으로 지켜봐 주기를 바란다는 말을 덧붙였다. 직원들은 집으로 돌아가서 보자기를 풀어 도시락을 펼쳐 놓고 가족들과 입맛을 다시며 설아와 승기의 결혼식을 화제 삼아 이야기를 나눌 것이다. 직원들이 그 가족에게, 그 가족들이 다시 주변 사람들에게 퍼뜨리는 형태로 두 사람이 결혼을 한 사실이 며칠 안에 이카이노 일대에 쫙 퍼질 것이다. 그래서 이 약식 결혼식은 많은 축하객들 앞에서 설아가 호기심 어린 의아한 눈길을 받지 않도록 하기 위해 특별히 배려한 사장의 고육지책이었다.

두 사람의 신접살림은 히라노운하의 천변에 있는 어느 연립주택의 한 곳에 마련되었다. 방 두 칸과 부엌만 있는 작은 월셋집이었지만, 다다미를 새로 깔고 회반죽으로 벽을 새로 바르자 몰라보게 깔끔해졌다. 신혼생활에 필요한 살림 도구들은 전부 사장 부부가 준비했다.

사장의 집에서 간소한 결혼식이 끝나자 시춘은 설아의 손을 잡고 콜택시에 태웠다. 뒷자리에는 이미 승기가 타고 있었다. 연립주택에 택시가 도착하니 근처 사람들이 새색시를 한번 보려고 이미 모여 있었다. 시춘이 설아의 손을 잡고 신혼집으로 들였다. 안방에는 양단(자수를 놓은 견직물의 일종) 조선 이불이 깔려있고, 부엌의 밥상에는 초야를 맞이하는 둘을 위해 간단한 술과 안주가 준비되어 있었다. 시춘은 두 사람을 밥상 앞에 앉히고 둘 모두에게 술을 따랐다. 승기는 겸연쩍은 듯 한잔 쭉 들이켰고, 임신 중인 설아는 술잔을 입에 대는 시늉만 했다. 설아의 왼쪽 눈꺼풀이 가늘게 떨리고 있었다. 시춘은 설아의 등에 손을 대고 몇 번이나 쓰다듬어 주고는 마침내 신혼집을 나왔다.

히라노운하 상공에는 시리도록 맑은 달이 떠올라 있었다. 달을 올려다보며 시춘은 스스로에게 묻는다. '이걸로 다 잘 된 것일까?' 사장 부부와 시춘이 몇 번이나 의논을 거듭한 끝에 도출한 결론이었다.

우선은 결혼식을 올리도록 하자! 두 사람의 궁합이 좋다면 더 없이 다행인 일이다. 설아를 흠결이 있는 여자로 세상에 내던질 수는 없다. 친딸 희영이가 같은 꼴을 당했다면 어떻게 했을까? 상상하는 것만으로도 분노가 치밀어 온몸이 부들부들 떨려온다. 그놈의 물건을 두 번 다시는 쓸 수 없도록 쇠망치로 때려 짓이겨 줄 것이다. 과연 친딸이라면 완력으로 겁탈을 한 그놈과 결혼을 시켰을까? 딸에게 상처를 주지 않을 다른 방법을 찾지 않았을까? 하지만 친척 하나 없는 설아에게 그것 말고 달리 어떤 방법이 있을 수 있단 말인가? 그 애들의 어머니를 대신하겠다던 자신의 마음이란 결국 이런 것이었단 말인가? 소꿉친구 선희에게 마음속으로 '미안해! 미안해!'를 연발하며 시춘은 빌고 또 빌어본다. '제발 부탁이니 설아야, 행복하게 살아다오! 제발!……' 시춘은 저도 모르게 달을 향해 두 손을 모으고 있었다.

설아는 얼굴을 들 수가 없었다. 눈앞에 있는 승기와 도저히 눈을 마주칠 자신이 없었다. 사장한테 받았던 간곡한 부탁과 시춘이 달래는 바람에 몇 번이고 마음을 고쳐먹으려 했지만, 왼쪽 눈꺼풀의 경련이 진정되기는커녕 더 심해져서 견디기 힘들었다. 손가락으로 눈꺼풀을 눌렀다. 손가락이 눈물에 젖었다. 승기가 설아의 팔을 잡고 안방 침실로 끌고 들어갔다. 목단 꽃이 크게 한 송이 수놓아진 이불을 젖히고 그 위로 설아의 몸을 밀쳐 넘어뜨리고는 거칠게 설아의 저고리 고름을 풀어 실오라기 하나 걸치지 않은 모습으로 만들었다. 설아는 눈을 꼭 감고 몸을 웅크려 승기의 시선에서 벗어나려고 했다. 승기는 오른쪽으로 웅크린 설아를 왼쪽으로 굴렸다가 다시 오른쪽으로 굴렸다. 설아의 두 손이 부풀기 시작한 아랫배를 감싸고 있었다.

"언제까지 날 나쁜 놈으로 취급할 셈이야! 아, 정말 짜증 나 미치겠네!"

승기가 문을 부술 듯이 냅다 걷어차며 밖으로 나가버렸다.

설아는 이불을 끌어당겨 발가벗겨진 몸을 덮고 솜을 듬뿍 넣은 두툼한 요 위에 누웠다. 눈꺼풀의 경련은 진정되어 있었다. 양단 이불을 쓰다듬자 손가락 끝의 거스러미가 비단 천에 걸렸. ……여기 아부지가 계시고, 어무니가 계시고, 동아가 있고, 내가 있고, 그렇게 넷이서 두런두런 아부지의 옛날이야기를 듣고 싶다. 그 시절로 돌아가고 싶다……. 어느새 설아는 잠이 들어 있었다. 요의를 느끼고 잠을 깬 설아는 벽시계를 쳐다봤다. 심야 두 시를 지나고 있었다. 승기의 모습은 없었다. 설아는 밖으로 나가 주위를 둘러보고 인기척이 끊어진 골목길을 한차례 둘러보고는 집으로 돌아와 현관문을 잠갔다.

설아는 신발 공장에서 일할 때처럼 여섯 시면 눈을 떴다. 현관문의 잠금쇠를 풀고 아침밥을 준비했다. 뱃속의 아이가 무사히 태어날 때까지는 감정을 죽이고 평소처럼 생활해야 한다고 자신에게 다짐하듯 타일렀다. 점심때가 되어도 승기는 돌아오지 않았다. 아침에 준비했던 밥은 결국 설아의 점심밥이 되었다. 저녁 먹을 준비를 했다. 해가 저물어도 승기는 돌아오지 않았다. 승기 몫의 밥을 남겨 놓고 설아는 먼저 식사를 마쳤다. 밤늦게 승기가 돌아왔다. 승기는 아무 말도 하지 않더니 옷을 갈아입고 다시 나갔다. 설아는 문을 잠갔다. 몸이 가라앉는 듯한 푹신한 이불 한가운데에 '大'자로 벋은 채 그대로 잠이 들고 말았다.

　사장 내외가 마련해 준 가재도구 중에는 가정용 재봉틀이 있었다. 설아는 이 재봉틀이 너무 좋았다. 사용 설명서를 반복해서 읽어봤다. 책방에 가서 '양재의 기초'와 '즐거운 재봉틀' 두 권을 산 다음, 포목점에 가서 자투리 천을 사왔다. 승기의 부재가 오히려 고맙기도 했다. 시부모님이 언제 와도 좋을 만큼 깔끔하게 집 안을 정돈해 두고, 급한 손님이 올 때를 대비해서 찬거리를 항상 준비해 두었다. 열 살 때부터 줄곧 일을 해 왔던 설아에게 일하지 않고 생활한다는 것은 죄책감마저 수반하는 일이었다. 가정용 재봉틀은 필시 사장님의 배려였을 것이다. 설아는 청소와 세탁과 식사 준비를 하는 외에는 재봉틀 앞에 앉아서 대부분의 시간을 보냈다.

　부부로서의 모양새를 갖추라는 아버지의 타이름을 들은 승기는 하루에 한 번은 꼭 집으로 들어왔다. 승기를 보면 설아의 눈꺼풀이 다시 경련을 시작한다. 승기는 지긋지긋하다는 듯 혀를 차고는 옷을 갈아입고 다시 밖으로 나갔다. 벗어서 던져 놓은 옷에서 향수 냄새를 맡은 설아는 안도했다. 승기가 자기를 건드리는 일은 없을 것임을 직감하고 마음속 깊이 안도를 한 것이다. 승기의 세탁물을 빨랫장대에 넌다. 이웃들의 눈에 띄는 이러한 행동 하나하나가 설아와 앞으로 태어날 아이에게는 중요한 의미를 갖는 것이다. 그렇게 설아도 부부로서의 모양새를 유지하기 위해 신경을 쓰고 있었다.

4장. 바람에 흩날리다

 설아는 예정했던 산달보다 한 달 빨리 여자아이를 출산했다. 칠흑 같은 머리칼을 가진 아이였다. 등에는 아직 솜털이 남아 있어서 목욕물을 끼얹으면 붓끝으로 쓸어내린 것 같은 모양이 생겼다. 갓 태어난 아기는 주름투성이라 귀엽다고는 말할 수 없었지만, 설아의 집게손가락을 꼭 쥐고 있는 고사리 같은 다섯 손가락에 말할 수 없는 책임감과 소중함을 느꼈다. 설아의 젖가슴에 조그마한 손바닥을 붙이고 얼굴이 새빨개져서 젖을 빠는 아기에게 설아는 '가야'라는 이름을 지어 주었다.

 설아와 동아는 큰아버지의 장례식에 참석하기 위해 부모님 손에 이끌려 태어나서 처음으로 버스를 탔다. 둘은 버스 창문에 얼굴을 갖다 붙이고 창밖 풍경을 넋을 잃고 바라보았다. 나무들 사이로 바다가 나타나자 둘 다 환성을 지르는 바람에 어머니는 조용히 하라고 꾸짖었다. 네 사람은 어느 바닷가 마을에서 내렸다. 동아는 어머니 손을 잡고 설아는 아버지 손을 잡고 있었다. 버스 정류장 주위로 작은 상점들이 늘어서 있었다. 모든 것이 신기하기만 했던 설아와 동아가 가게 앞에서 안쪽을 들여다볼라치면 부모님은 그때마다 손을 잡아당겼다. 포목점 안에서 흘러나오는 가락에 설아는 걸음을 멈췄다.
 "아부지, 저게 무슨 소리야?"
 "아아, 저건 가야금 소리야. 가늘고 긴 악긴데, 팽팽하게 당겨진 실을 오른손 엄지랑 검지랑 중지로 타서 소리를 낸단다."

설아는 가게 앞에 멈추어 서서 귀를 기울였다. 처음으로 듣는 가야금의 음색은 마을 앞을 흐르는 마른하천을 생각나게 했다. 가랑비가 바위에 부딪혀 튀다가 점점 본격적으로 내리게 되면 어느새 큰 흐름을 이루어 소리를 내면서 바다로 흘러 들어가는 모습이 눈앞에 떠올랐다.

"가야금은 말이야, 혼자서 탈 수도 있지만 여러 명의 여자애들이 예쁜 치마저고리를 입고 둥글게 원을 그리듯이 앉아서 타기도 한단다."

"아부지는 그런 걸 어떻게 알아?"

"오래전에 아부지가 며칠씩이나 집에 안 들어온 적이 있었지? 그때, 시내에 있는 큰 집을 다시 짓는 일을 하러 갔었는데, 그 집이 다 지어진 걸 축하하려고 가야금을 타는 여자들을 불렀어. 치마를 사뿐히 펼치고 앉아 무릎에 얹은 가야금을 뜯는 여인들이 꽃처럼 예뻤단다."

설아는 아버지가 들려주는 말에 푹 빠져서 눈을 감고 가게 안에서 흘러나오는 가야금 소리를 듣고 있었다.

설아는 어린 시절 라디오에서 흘러나오던 그 가락을 잊을 수가 없었다. 가야금을 타는 여자들처럼 예쁘고 우아하게 자랐으면 좋겠다고 생각했다. 그리고 가야금을 탈 만큼의 여유가 있었으면 하고 바랐다. 듣기에도 그 울림은 너무 좋았다.

4장. 바람에 흩날리다

"이 가야!"

 시춘과 동아는 번갈아가며 집으로 찾아와서 설아의 산후조리를 도왔다. 시아버지는 아기를 보자마자 싱글벙글 입을 다물지 못했고, 시어머니는 여자아이라는 사실에 서운함을 감추지 않았다. 승기는 설아의 출산을 전후해서 아예 집에 들어오려고도 하지 않았다. 승기는 이전부터 딴살림을 차리고 있었고 그 여자의 산달이 다가오고 있었기 때문이다. 설아는 승기를 사이에 두고 그 여자와 다툴 생각이 털끝만큼도 없었다. 다만, 가야가 승기의 딸이라는 사실을 인정받아야만 했다. 가야는 '고 가야'가 아닌 '이 가야'여야 한다. 가야를 애비 없는 자식으로 키울 수는 없는 노릇이었다.

 승기의 여자가 아들을 낳았다는 것을 안 설아는 지금부터 일어날 일들을 예상하고 각오를 단단히 했다. 집에 들어오려고 하지 않는 승기를 기다리고 있는 것만으로는 결말이 나지 않을 것 같았다. 설아는 가야를 안고 저녁식사 시간을 감안해서 신발 공장의 계단을 올라갔다. 마음을 다잡고 현관문을 두드리려고 했을 때, 안에서 우렁찬 아기의 울음소리가 들려 왔다. 화목하게 담소를 나누는 사장 가족의 모습이 손에 잡힐 듯 연상됐다. 설아는 발소리를 죽이고 계단을 내려와 집을 향해 발길을 돌렸다.

 빨랫장대에 가야의 기저귀를 다 널자 설아는 칭얼거리는 가야를 안아 올렸다. 금세 기분이 좋아진 가야는 작은 손바닥에 설아의 머리카락을 쥐고 제 얼굴에 비비며 한동안 그만둘 생각이 없는 듯했다. 설아는 가야의 머리 냄새를 맡는다. 젖내와 햇살의 향기가 섞여 있다. 원치 않는 임신이었지만 두 팔에 쏙 들어오는 작은 생명을 안고 있으면 감사함마저 느끼게 되는 설아였다.

현관문을 두드리는 소리가 났다. 가야를 안은 채 현관문을 열자 시아버지가 차를 옆으로 대고 서 있었다.

"시간을 좀 낼 수 있겠니? 반나절 정도 걸릴 거니까 가야의 기저귀도 필요할 거다. 어디 보자. 이 할애비가 안고 있으마."

시아버지가 가야를 안고 어르고 있는 사이에 설아는 재빨리 채비를 하고 차에 올랐다. 차는 우선 사진관으로 향했다. 먼저 설아가 혼자서 찍고, 그리고는 설아가 가야를 안고 또 찍었다. 사진을 현상하는 시간을 틈타 다다미방이 있는 식당으로 들어갔다. 설아는 방석 위에 가야를 재웠다. 식전에 나온 차를 훌쩍거리며 시아버지가 먼저 입을 열었다.

"익히 들어서 알고 있을 거라고 생각은 한다마는……."

시아버지가 이 말을 꺼내기 전에 설아는 이미 생각하고 있던 바를 말씀드린 상태였다. "가야를 자식으로 인정해 주기만 하면 된다, 집도 비워 줄 생각이다, 다른 것은 모두 놔두고 가더라도 재봉틀만큼은 가져가고 싶다, 분쟁을 일으킬 생각은 추호도 없다."라고.

4장. 바람에 흩날리다

"우리 아들놈 때문에 이렇게 고생을 시켜서 정말로 미안하구나. 밥을 먹거든 사진을 가지고 '입국관리국'으로 가자꾸나. 준비는 다 해 놨다. 무라키 선생이나 지역자치회 사람들이 너의 신원보증인이 돼 줬다. 성실히 일해 왔던 너를 모르는 사람은 없지. 나머지는 간단한 면접만 보면 재류허가증이 나올 거다. 그게 나오면 이제 불안에 떨지 않아도 일본에서 마음 놓고 살아갈 수가 있을 거야."

시아버지의 말에 설아는 머리를 숙였다.

"그다음은 이쿠노(生野)구청에 가서 가야의 출생신고를 하자. 봐라, 서류도 다 준비했다."

테이블 위에 놓인 출생신고서에는 '부 이승기'라고 서명이 되어 있었다. 설아는 다시 머리를 숙였다. 시아버지는 양복 안주머니에서 갈색 봉투를 꺼냈다.

"이건 당분간의 생활비다. 앞으로도 무슨 일이 있거든 언제든 의논하러 오너라. 가야는 내 귀여운 손녀이기도 하니까."

설아는 갈색 봉투를 시아버지 쪽으로 되밀었다.

"이미 저한테는 충분히 잘 대해 주셨어요. 이제부터는 제힘으로 살아가겠습니다."

테이블 위의 갈색 봉투는 몇 번이고 양쪽을 오가고 있었다.

"이 정도는 하게 해다오. 아무리 네게 용서를 구한들 어디 끝이 있겠냐마는……."

시아버지의 목소리가 떨리고 있었다. 설아는 눈물을 훔치며 봉투를 집어 들었다.

'개목걸이'라고 불리는 외국인등록증은 그냥 종이쪼가리에 불과했다. '이깟 것이 밀항자의 생사를 가른단 말인가?!'라고 생각하니 종이 한 장이 갖는 무게를 가늠하기 어려워 설아는 전등에 비춰보기도 했다. 이것만 있으면 이제 경찰을 무서워 할 일도 없고 숨을 죽이고 살 필요도 없다. 이 일본 땅에서 가야를 마음 놓고 제대로 키울 수 있게 된 것이다. 설아는 마음속으로 시아버지께 두 손을 모았다.

현관문을 요란하게 두드리는 소리가 들렸다. 열어보니 시어머니가 서 있었다. "들어간다!"라는 말이 끝나기가 무섭게 불쑥 방 안으로 들어왔다. 차를 내오려는 설아에게 "됐으니까 거기 좀 앉거라!" 하고 멈춰 세웠다. 시어머니는 종이 한 장을 설아에게 내밀었다.

"뭔데요, 이게?… 뭐라고 적혀 있는데요?"

"각서다!"

"각서가 뭔데요?"

"서약서다. 앞으로 이렇게 하겠습니다.라고 맹세하는 말이 적혀 있어. 그러니까 읽어보고 니 이름을 쓰면 된다!"

"전 아직 한자를 못 읽는데요."

"아이고……. 여기엔 말이야, '나 고설아는 이후로 이승기와 일절 관계하지 않겠습니다. 금전적인 요구도 일체 하지 않겠습니다.'라고 적혀 있어. 오늘 그이가 너한테 돈 줬지? 어디 그 뿐인 줄 아니? 개목걸이 만드느라고 돈은 또 얼마나 썼는데! 우리 아들 때문에 널 고생시킨 건 미안하지만 개목걸이는 손에 넣었잖냐. 고맙게 생각해야지! 자, 여기다! 여기에 '고설아'라고 적어!"

 설아는 받아든 종이에 먼저 한글로 이름을 쓰고, 이어서 한자로도 또박또박 석 자를 적었다.

 "그래도 이름은 한자로 쓸 줄 아네? 참! 중요한 게 남았지, 이름 옆에다 도장도 찍어라!"

 "도장 없습니다."

 시어머니가 혀를 찼다. 설아는 재봉틀 대에 두고 실을 자를 때 쓰는 손가위로 집게손가락을 찔렀다. 붉은 핏방울이 맺혔다. 그것을 이름 옆에 대고 눌렀다.

 "당신 지금 뭘 하고 있는 거야?!"

 시아버지가 낯빛을 붉히며 시어머니 손에 든 종이를 낚아챘다. 채 마르지도 않은 핏자국이 선명했다.

 "아들 하나에 며느리 둘은 필요가 없다고요!"

 "대체 설아가 뭘 어쨌다고 그러는 거야? 이걸 당신이 왜?!"

 "여자는 애를 낳으면 독해진단 말예요. 앞으로 어떻게 나올지도 모르고. 그렇게 되면 골치 아프니까 미리 손을 쓰고 있는 거예요!"

 시어머니는 현관에서 신발을 신으며 설아에게 말했다.

"넌 정말 독한 애야. 귀염성도 없고 애교도 없어. 뭘 생각하고 있는지도 모르는 음산한 얼굴을 해가지고서. 하긴, 우리 승기가 이 집에 들어오지 않는 것도 무리는 아니지. 어디서 굴러먹던 개뼉다구인지도 모를 애를 며느리로 들이다니, 원 참! 이 정도까지 해 줬으면 어떻게든 부부처럼 살아야지. 우리 승기만 나쁜 게 아냐! 남자를 붙잡는 것도 다 여자 능력이야. 우리 승기를 나쁜 놈으로 만들고, 정말로 승기도 참 골치 아픈 여자한테 걸려들었네!"라고 내뱉고는 거칠게 문을 닫았다.

"미안하다. 다 내가 힘이 없어서 그렇다. 난 데릴사위거든. 우리 공장 자금은 다 집사람 친정에서 나와. 제일 먼저 공업용 재봉틀을 들인 덕분에 우리 공장이 여기까지 클 수 있었던 건데, 사실 내게는 실권이 없어. 끝까지 너를 힘들게 해서 정말로 미안하구나."

시아버지가 어깨를 늘어뜨린 채 나갔다. 설아는 부엌으로 가서 소금 단지를 들고 나왔다. 단지 안으로 손을 넣어 소금을 크게 한 움큼 꺼내 쥐고는 문밖에다 대고 세차게 뿌렸다.

끓어오르는 분노로 도무지 숨을 쉴 수가 없었다. 가슴에 손을 대고 심호흡을 되풀이했다. 가야가 칭얼거리는 소리가 났다. 설아는 방으로 들어가 가야를 일으켜 안았다. 가야의 머리 냄새를 맡으니 조금은 안정이 되었다. ……이 아이는 날 이 세상에 붙들어 두기 위해 태어났을지도 모른다……. 한순간일지라도 그런 생각을 한 자신의 한심함에 설아는 그만 울음을 터뜨리고 말았다. 이렇게 조그만 아이한테 내 인생을 짊어지게 하다니……. 눈물을 훔치면서 설아는 자신에게 타일렀다. 이제 내일부터 가야와 둘이서만 살아가야 하는 생활이 시작된다. 사장님 가족과의 인연은 여기까지다! 이제 그 사람들의 눈치를 볼 필요도 없어. 내 방식대로 살아갈 수 있게 되는 거야. 나는 자유다, 자유를 얻은 것이다! 그런데, 자유로워졌는데 왜 눈물이 멈추지 않는 걸까? 언젠가 이런 날이 올 것이라고 이미 각오는 하고 있었다. 일을 시끄럽게 만들지 않고 조용히 끝내려고 했다. 그랬는데……. 짧은 시간이었지만 시어머니라는 그 여자는 내 아버지와 어머니를 업신여겼다. 단 하루라도 부모님을 생각하지 않는 날이 없는 설아에게 부모님을 개뼈다귀로 취급한 것이다. 분하다! 용서할 수 없다! 하지만 아무 말도 할 수 없었던 스스로가 한심하게 생각됐다. 몇 번이고 눈물을 닦으면서 설아는 자신에게 다짐한다. 오늘만이다! 우는 것은 오늘로 끝이다! 내일부터는 바빠질 것이다. 새 생활을 시작하기 위해 해야 할 일이 산적해 있다. 울고 있을 시간이 없다. 오늘만이다. 내일부터는 절대로 울지 않으리라!

  방을 구하는 것부터 시작했다. 설아는 가야를 업고 부동산 중개소를 찾아갔다. 화장기 없는 소녀 같은 설아가 갓난아이를 업고 중개소의 문을 열자 직원이 의아한 표정으로 "무슨 일로 오셨죠?"라고 물었다. 방을 찾는다고 했더니 앉으라고 의

자를 권하지도 않고 설아의 전신을 아래위로 훑어보고는 남편은?, 직업은?, 수입은? 등의 질문을 속사포처럼 날려댔다. 설아는 한마디도 대답하지 않고 서둘러 중개소를 빠져나왔다.

'시춘 삼춘한테 의논을 해볼까?'라고 생각하던 설아는 이내 고개를 가로저었다. '그리 되면 희동의 귀에도 들어가겠지. 동아에게 의논해볼까?'라고 생각을 하다가는 또 고개를 가로저었다. 역시 희동의 귀에 들어갈 것이다. 행복한 일, 좋은 일이라면 몰라도 곤란에 처한 상황을 희동에게 알게 하고 싶지는 않았다.

설아는 아리랑식당이 쉬는 날에 동아에게 가야를 몇 시간만 돌봐 달라고 하자는 계획을 세웠다. 아마도 동아는 시춘 아주머니 집으로 가야를 데리고 가겠지만, 그렇다고 데리고 가지 말라고 할 수는 없었다. 둘 사이에는 암묵적인 양해가 있었기 때문이다. 당일에 설아는 옅은 화장을 하고 가야를 동아에게 데리고 갔다.

"무슨 일이래? 화장까지 해서 몰라보겠네! 데이트? 아니면 맞선?"

동아의 거침없는 말투가 설아의 비위를 거슬렀다.

"그렇게밖에 말 못 해?! 내가 지금 어떤 처진지 알지도 못하면서!"

"왜 화를 내는 거니? 사정을 말하면 내가 도와줄게. 너한텐 정말 농담도 못한다니까."

동아는 우두커니 버티고 서 있는 설아의 팔에서 가야를 받아 안고 갈아 채울 기저귀와 젖병이 든 주머니를 받아 들었다.

"가야야, 심드렁한 어무니는 내버려 두고 이모랑 놀자! 자, 어무니한테 빠이빠이. 빠이빠이!" 그렇게 말하더니 설아의 대답을 기다리지도 않고 방문을 '탁!' 닫았다. 설아는 잠시 동아의 방문을 쏘아보고 있었지만 이내 발걸음을 돌려 부동산 중개소로 향했다.

"아가씨가 빌리는 거예요? 혼자서 사시는 겁니까?"

호기심에 찬 눈길을 보내오는 중개소 직원의 안내로 공원 근처의 연립주택으로 향했다. 2층 목조 건물인 낡은 연립주택이었지만 복도나 공동 화장실 등은 구석구석까지 청소가 잘 되어 있었다. 검게 윤이 나는 복도를 따라 방들이 양쪽으로 이어져 있었다. 이곳의 세입자는 일하는 사람이나 학생이 많다고 했다. 평일 오후의 연립주택은 쥐 죽은 듯 고요했다.

"어떻습니까? 공원도 가깝고 시장도 가까이에 있어서 편리합니다. 그런데 어떤 일을……?"

설아는 복도 한가운데 서서 몇 가구가 사는지 문의 개수를 세고 있었다. 방들이 너무 많다. 순간의 방심으로 몸이 붙잡혀 방 안으로 내던져지는 환영이 스쳤다. 가야도 예외는 아니다. 나쁜 놈들의 먹이가 될 가능성이 있다. 상상이 현실이 되는 공포로 몸이 굳어졌다. "여자는 여자라는 이유만으로 험한 꼴을 당할 수 있는 거야!"라고 설아와 동아를 밀항선에 태우기 전에 어머니가 입버릇처럼 중얼거렸던 말이 되살아났다. 설아는 중개소 직원에게 미안하다고 고개를 숙이고 연립주택을 나왔다.

　설아는 공원 벤치에 앉아서 이제 막 떠나왔던 목조 연립주택을 바라보고 있다. 2층의 유리창에서 햇빛이 반사되어 연립주택이 마치 큰 눈을 가진 생물체처럼 느껴졌다. 설아는 벤치에서 일어나 뛰어서 공원을 나갔다.

　신호등을 건너서 조선시장의 뒷길로 나왔다. 뒤얽혀 있는 골목의 처마 밑으로 작은 공간을 잘 살려 조그맣게 장사를 하고 있는 가게들이 이어져 있었다. 제사상에 오를 조기가 그물망 위에 널려 있고, 플라스틱으로 된 큰 통에는 김치를 담글 배추가 소금에 절여져 있다. 고사리는 삶아서 소쿠리에 담아 팔고 있었다. 제주도의 오일장 같다고 설아는 생각했다. 조선시장의 큰길에는 가게도 많고 취급하는 상품의 종류도 많아서 언제나 많은 사람들로 붐비고 있기 때문에 '여기가 정말로 오사카가 맞나? 말로만 듣던 서울 남대문시장에 들어와 있는 거 아냐?'라고 착각을 일으킬 정도였지만, 지금 와 있는 이 뒷길의 적당한 쓸쓸함이 설아에게는 오히려 반갑게 느껴졌다. 작은 식당에서 마늘을 넣은 매운 고등어조림 냄새가 흘러 나와서 설아는 자기도 모르게 군침을 삼켰다. 그 바로 옆에 있는 부동산 중개소가 눈에 들어왔다. 설아는 그리로 다가가서 주저 없이 문을 열었다.

　"어서 오세요!" 큰 소리의 조선말로 맞이해 주는 바람에 순간 설아는 멈칫하다가 무심코 웃었다. 얼굴에 윤기가 돌고 풍채가 좋은 남자는 칠복신(복을 가져다준다고 해서 일본에서 신앙 받는 일곱 신. 역자 주) 중의 배불뚝이 '호테이'(布袋)를 닮았다. 같은 나라 사람인데다 상냥한 대응에 마음이 놓인 설아는 자신의 사정을 이야기했다. "아, 그렇다면…." 하고 남자가 안내한 곳은 같은 골목에 있는 건조식품점의 2층이었다. 좁은 복도를 사이에 두고 두 개의 방이 있었다.

"이쪽은 아주머니가 혼자 살고 있어. 봉제 공장에서 신사복의 마무리 작업을 오래도록 하고 있지. 마음씨 고운 아주머니야. 여자끼리니까 아이가 있어도 맘이 좀 편하지 않을까?"

설아는 창문을 열었다. 조선시장의 뒷길에 접한 골목은 제주도에 있는 동네 같았다. 한 달 치 방세를 물어보고 하루에 얼마나 되는지 암산을 해보았다. 고민하고 있는 설아에게 남자는 말했다.

"아, 그렇지. 또 한 군데 가볼까? 여기서 걸어서 오 분 정돈데."

남자는 조선시장 뒷길에서 큰길로 빠져나와 히라노운하를 따라 걸어갔다. 설아는 그 뒤를 따라 걸었다. 남자는 천변에 있는 큰 2층 건물 앞에서 멈췄다. 남자가 입구의 문을 열자 안에서 여러 명의 여자 목소리가 났다. "샷쵸상, 샷쵸상이야! 어서 오세요, 샷쵸상!" 남자를 여기서는 사장님이라고 부르고 있었다. 2층집 전체가 '동포촌'이었다.

복도를 사이에 둔 각 방의 문이 열리고 그리로 나이 든 여자들이 얼굴을 내밀고 있다. 남자 뒤에 서 있는 설아를 보고 "몇 살이야?", "고향이 어딘데?", "2층 안쪽 방이 비었어!"라며 계속해서 말을 걸어왔다. 복도에서 각 방의 사는 모습들을 한눈에 파악할 수가 있었다. 방 한구석에 개어져 있는 이불, 못에 걸려 있는 옷, 가구다운 것은 거의 없고 작은 앉은뱅이 밥상이 전부였다. 전에 신발 공장에 다닐 때 기숙하던 숙소 같다고 설아는 생각했다. 비슷한 처지의 여자들은 1층에 있는 부엌에서 함께 밥을 짓고 반찬을 만들어 나누어 먹고, 일이 없는 날은 화투를 치거나 수다를 떨며 보낸다. 방문이 닫혀 있는 것은 밤뿐이었다.

 가야를 데리고 가면 할머니들이 매우 기뻐할 거라고 설아는 생각했다. 할머니들이 차례차례 안아서 볼을 비비고 가야의 행동 하나하나에 웃음소리가 피어나는 모습이 눈에 떠오른다. 집세도 싼 편이다. 다만 설아가 저 틈바구니에서 살아가기에는 너무 젊다는 것이 마음에 걸렸다. 가야를 봐주는 대신에 할머니들은 설아의 인생에 딴에는 선의를 베푼다고 끼어들 것이다. 가야를 할머니들한테 맡기고 일하러 나가는 것은 가능하겠지만, 그 대가로 생각하기도 싫은 과거가 다시 떠오르고 파헤쳐질 것이다. 스물을 갓 넘긴 설아가 여러 명의 시어머니를 섬긴다는 것은 무리였다. "언제든지 와!", "근처에 오면 들러!" 현관에서 신발을 신고 있는 설아에게 할머니들이 말을 건넨다. 설아는 짐짓 미소를 지으며 밖으로 나왔다.

남자는 밖에서 담배를 피우고 있었다. 설아를 보자 담배를 비벼 끄더니 다시 고개를 설아 쪽으로 돌리고 말했다.

"자네 말이야. 아니지, 자네라고 말하면 실롄가? 으음, 따님도 아니고 그렇다고 아가씨도 아니고……."

"자네라고 해도 됩니다. 상관없어요."

"자네 말이야. 잘 들여다보면 미인이야. 이런 말 들어 본 적 없나?"

설아는 고개를 저었다.

"자네는 그 나이에 아이가 있어. 나름 사연이 있는 인생이겠지. 우리 아들이 이마자토에서 코리안 카바레를 운영하고 있어. 몸 파는 곳이 아냐. 건전한 어른들의 사교장이지. 예쁜 치마저고리를 입고 맥주 좀 따르고 아저씨들 이야기에 맞장구만 좀 치면 되는 일이야. 난 지금 자네가 머리를 묶어 올리고 연한 하늘색 치마저고리를 입은 모습을 상상해봤어. 자네는 화려함은 없지만, 오히려 그 음전한 느낌이 인기를 끌 거야. 어때? 우리 아들 가게에서 일을 해볼 생각은 없나? 욕실과 화장실이 딸린 완전히 독립된 방을 제공하고 의상도 다 대줘. 저녁때 몇 시간만 아이를 누군가에게 맡길 방도만 있으면 자네는 충분히 돈을 벌 수 있어. 어때? 고풍스런 얼굴을 한 미인 아가씨! 지금 당장 대답하라는 게 아냐. 좀 생각해봐 주지 않겠나?"

남자는 설아에게 명함을 건넸다. 설아는 명함을 받자 발걸음을 돌려 남자와 반대 방향으로 걷기 시작했다. 뛰어가고 싶은 충동에 휩싸였지만, 필사적으로 태연을 가장했다. 싸구려 여자로 보였다는 분노와 처음으로 용모를 칭찬받았다는 당혹스러움이 교차했다. 설아는 가까운 골목으로 들어가 남자의 시야로부터 모습을 감추게 되자 숨을 가다듬었다. 남자의 말을 몇 번이나 되새겨보았다. 머리를 묶어 올리고 하늘색 치마저고리를 입은 자신의 모습을 상상하고, 취객에게 맥주를 따르는 광경을 떠올린다. 남자의 손바닥이 설아의 손바닥을 감싼다. 설아는 그 손을 털어내고 남자를 냅다 밀쳐버릴 것이다. 그런 상상까지 하게 되자 그 일은 자기한테는 무리라고 생각되었다.

　남자에게 건네받은 명함을 꽉 쥐어 구겨버리려던 설아에게 동아의 얼굴이 스쳤다. 아리랑식당의 간판 아가씨. 날품팔이 노동의 품삯을 손에 쥔 취객들의 아슬아슬한 농담을 유연하게 비껴내고, 음식을 테이블 위에 놓는 동아의 엉덩이에 손을 뻗치는 것들한테는 싱긋 웃으며 그 손을 비튼다. 크게 화내지 않고 나긋하게 달래는 동아의 뺨에 뜬 보조개. 손님 다루는 솜씨의 탁월함에 있어서는 아리랑식당의 아주머니도 한 수 위로 보고 있어서, 손이 많이 가고 시간도 많이 걸리는 식당보다는 아예 술집으로 업종을 바꿔 신장개업을 하는 편이 돈벌이가 잘 될 거라고 생각하게 만들 정도였다.

4장. 바람에 흩날리다

 그래, 동아라면 어렵지 않게 해낼 수 있을 거야. 적성에 맞는다고도 할 수 있겠지. 예쁘게 옷을 차려입고 취객들 사이를 살랑살랑 나비처럼 날아다니는 동아. 하지만 동아는 하지 않겠지. 그 일을 선택하지는 않을 거야. 희동이 싫어하는 것은 절대로 하지 않을 동아임을 설아는 잘 알고 있었다.

 동아는 삐걱거리는 계단을 내려가는 설아의 발소리에 귀를 기울이고 있었다. 그 발소리가 멀어지자 가야를 안아 들고 시춘 아주머니의 집으로 향했다. 도중에 빵집에 들어가 시춘 아주머니와 희영에게 줄 단팥빵을 사고 희동과 자기가 먹을 멜론빵도 샀다. 달콤한 향기가 감도는 종이봉투에 고사리손을 뻗는 가야를 달래면서 걷고 있는데 오가는 사람들이 한결같이 부드러운 미소를 보내온다. "어머나, 젊은 엄마네!", "아이고, 귀여워라! 아가야, 몇 개월이니?" 말은 동아에게도 건네지고 가야에게도 건네진다. 그때마다 동아는 미소로 화답했다.
 "삼촌! 나, 가야 어무니로 오해받았어!"
 동아는 문을 열자마자 재봉틀을 밟고 있는 시춘의 등에 대고 그렇게 말하고는 집안으로 들어섰다.
 "오오, 어서 와용. 가야쨩! 안녕? 동아뿐이네. 혼자 온 거니? 설아는 왜?"
 현관으로 눈길을 보내는 시춘에게 동아가 말했다.

"설아는 뭔가 중요한 일이 있기는 한 것 같은데 화장까지 하고 외출했어. 오늘은 내가 가야 보모야."

"설아가 화장을?"

의아한 표정을 짓는 시춘에게 동아는 뭔가 의미가 있을 거라는 듯 고개를 끄덕였다. 희영이 철공소에서 돌아왔다. 가야를 보자마자 부리나케 손을 씻고 안아 들었다.

"아아! 요 보드라움! 말랑말랑함! 아! 살 것 같다! 매일매일 쇳덩어리 냄새만 맡으면 기분이 가라앉아. 쇠 냄새가 피 냄새랑 비슷하다니까. 매일 생리하는 것 같은 느낌이야. 아저씨들이 와이어나 볼트를 대차로 옮길 때 '짤그랑! 짤그랑!' 소리가 나는데, 그 소리가 정말 신경에 거슬려. 꼭 트집을 잡는 잔소리로 들린다니까. 공장은 어둠침침하지, 쇳가루는 날리지, 난 장부를 적거나 전표를 끊는 일을 하지만 젊은 처녀가 그런 곳에서 일하는 건 좋지 않다고 생각해. 아까워라, 이 젊음! 내 청춘이 녹슬어 가고 있어! 이번 달 월급 받으면 딴 일자리를 찾아보려고."

"다른 일이라니, 어떤 일인데? 생각해 둔 곳은 있고? 집에서 빈둥거리는 꼴은 못 본다!"

"전봇대에 '급구! 젊고 밝은 여성 구함. 상담 바람'이라고 붙어 있었어. 전화번호 적어 왔으니까 전화해서 물어볼 거야."

"그거 물장사야. 호스티스 모집하는 거라고!"

"물장사 같은 건 절대 안 돼! 몸 망가지고 불행해진 여자 여러 명 알고 있다. 전화번호 적은 종이 꺼내서 이 어무니 앞에서 찢어버려라!"

"말만 들어볼 거야. 어떤 조건인지. 그게 왜 안 된다는 건데?"

"관심을 가지는 순간부터 안 되는 거야. 넌 벌써 위험한 곳으로 다가가려고 하고 있잖아! 그걸 말리는 게 어무니의 일이다. 알겠니? 허락 못 한다!"

시춘의 서슬에 금세 뾰로통한 얼굴이 된 희영은 부엌에 서서 우유를 데우기 시작했다. 설탕을 넣고 휘저어서 인스턴트커피를 만들었다. 석 잔의 컵에 그것을 따르고는 "잔소리쟁이 언니님들 입에 맞으실지 어떨지. 자, 이 빵과 함께 드시죵!" 하면서 내밀었다.

현관문이 열렸다. 대학에서 희동이 돌아온 것이다. 희영과 동아가 동시에 "어서 와!" 하고 반겼다. 희동은 가야가 방석 위에서 자고 있는 것을 보자 방 쪽을 한 번 보더니 다시 현관 쪽으로 시선을 돌렸다.

"설아는 없어. 일이 있어서 외출했어." 동아의 말에 고개를 끄덕이지도 않고 희동은 자기 방으로 들어갔다. 동아가 멜론빵이 든 종이봉지를 들고 미닫이문을 열었다.

"이거 좋아하지? 멜론빵!"

"응. 옷 갈아입을 거니까 문 닫아!"

동아는 손을 뒤로 해서 문을 닫았다.

"뭐야?! 빨리 나가!"

"열 살 때부터 같이 자란 사이잖아. 부끄러워하긴."

문 건너편에서 시춘과 희영이 귀를 세우고 있었다. 그것을 알고 있는 희동은 목소리를 낮추며 말했다.

"바보! 꺼져!" 동아도 소리를 낮춰 응수했다.

"바보라고 말하는 사람이 바보래~요! 바~보!" 동아가 입을 뾰족하게 내밀며 희동에게 다가갔다. 뒷걸음질 치는 희동에게 동아가 속삭였다.

"나, 희동이 너라면 괜찮아. 니가 뭘 해도…."

시치미를 뗀 얼굴로 방을 나온 동아는 한참 자고 있는 가야를 안아 올리더니 돌아갈 채비를 했다.

"다음에 올 땐 설아도 함께 와라. 오랜만에 저녁 같이 먹자. 풍로에다 내장구이도 좀 하고."

"아, 맛있겠다. 내장구이! 오래간만이네, 내장구이!"

"내일이든 모레든 빨리 와. 나도 빨리 먹고 싶어!" 희영이 입에 침을 바르며 말했다.

희동이가 이 집에 있는 한 설아가 이 집에 올 일은 없다. 그걸 시춘 삼촌에게도 희동에게도 눈치채게 해서는 안 된다. 희동의 시선은 언제나 자기를 뛰어넘어 설아를 향하고 있다. 풍로 위에서 맛깔스런 연기를 피우며 구워지는 내장구이는 포기할 수밖에 없다. 내장구이는 포기할 수 있어도 희동은 포기할 수 없다. 오늘 희동에게 속삭였던 말에 대해 희동은 과연 어떻게 나올까?

4장. 바람에 흩날리다

"좀 더 놀다 가면 좋을 텐데…."라며 이별을 아쉬워하는 희영의 배웅을 받으며 동아는 가야를 안고 밖으로 나섰다.

이튿날 밤, 아리랑식당의 가게 문을 닫고 있던 동아의 눈에 유리문 저쪽에서 서성이고 있는 희동의 모습이 들어왔다. 동아는 희동에게 눈으로 2층의 자기 방을 가리켰다. 계단을 올라가 방문을 열자 희동이 우두커니 서 있었다.

"무슨 일이야?" 동아의 목소리가 떨리고 있었다.

"계속 궁금했어. 꼭 확인하고 싶은 게 있어서……. 어제 누나가 한 말에 용기가 났어. 눈 좀 감아 줄래?"

동아는 눈을 감고 살짝 입술을 내밀었다.

"아니, 그게 아니라 입꼬리 좀 올려 줄래? 생긋 웃어 달라고."

실눈을 뜬 동아가 본 것은 손가락 끝에 검정깨를 붙이고 그것을 자신의 보조개에 넣으려고 하고 있는 희동이었다.

"어? 뭐야? 뭐하는 건데?!"

"아니, 보조개 깊이가 얼마나 되는지 알고 싶었어. 검정깨는 약 3밀리야. 재 왔어."

"바보 아냐? 다른 할 일도 있을 텐데. 변태! 앞으론 희동이 너 변태라고 부를 테니까!"

"변태든 뭐든 좋은데, 용기 내서 왔으니까 제대로 재게 해 주라."

동아는 마지못해 눈을 감고 입꼬리를 올렸다. 동아의 뺨에 희동의 손이 닿고 보조개에 검정깨가 넣어졌다.

"쏙 들어가네. 깊이가 3밀리 이상인 거야. 우와! 하지만 정확한 깊이를 알기 위해서는 다른 걸로 재야겠어. 그래! 종이로 노끈을 만들어서 가늘게 눈금을 표시하면 되겠다!"

"변태 희동! 내일 밤 다시 와. 내일은 왼쪽 보조개 재게 해 줄게."

조선시장 뒷길에 있는 방에 미련이 남기는 했지만 포기할 수밖에 없다고 설아는 생각했다. 그 방을 빌리려면 다시 한번 그 중개소에 가야 한다. 그 남자의 달콤한 말에 넘어갈 것 같아서 그것이 설아의 마음을 주저앉혔다. "고풍스러운 미인, 음전하게 보이는 자네가 인기를 끌 거야. 자네는 돈을 벌 수 있어!" 남자에게 들었던 말이 자꾸자꾸 머릿속을 맴돈다. 욕실과 화장실이 딸린 독실 제공이면 주거 문제와 일자리가 단박에 해결된다. 남은 건 밤 시간대에 가야를 어떻게 할까? 설아는 당황해서 머리를 흔들었다. 자칫하면 남자의 감언이설에 넘어갈 것 같은 자신의 마음을 다잡았다. 내일이라도 다른 중개소를 찾아보자.

"설아야, 설아 맞지?"

고개를 숙이고 걷고 있던 설아는 갑자기 누군가 팔을 잡는 바람에 놀라서 멈춰 섰다. 신발 공장 숙소의 주방을 맡고 있는 아주머니였다.

"오랜만이구나. 세련되고 예뻐져서 첨엔 몰라봤어. 서서 이야기하기가 좀 그러니까 잠깐 우리 집에 들렀다가 가. 바로 저기야."

망설이는 설아의 팔을 붙잡고 아주머니는 설아를 자기 집으로 데리고 갔다. 열 살 때부터 이 아주머니가 해 준 밥을 먹고 자란 설아였다.

"나 혼자밖에 없으니까 어려워할 필요 없어."

하모니카 연립주택(하모니카 구멍의 모양에서 유래된 이름으로, 가늘고 길게 지은 건물 한 동을 여러 칸으로 구획하여 각 칸마다 세대가 거주하는 주택. 역자 주)의 한가운데에 아주머니의 집이 있었다.

"아들이 하나 있었는데 결혼해서 나갔어. 예전에는 좀 비좁았지만, 지금은 혼자 사니까 남아돌아."

아주머니가 만들어 준 엽차를 마시며 설아는 집 안을 둘러보았다. 부엌 하나에 방 두 칸의 낡은 집이지만 청소는 구석구석 잘 되어 있었다. 가스곤로 위의 주전자에 석양빛이 반사되고 있었다. 직공들의 음식을 만들고 뒷정리를 하면서 짬을 보아 김치까지 담가내는 아주머니의 야무진 손끝을 설아는 잘 알고 있다. 아주머니는 팔도 굵고 허리도 굵다. 주방 건너편에서 아주머니가 만든 음식이 설아의 입에 맞는지 걱정스러운 듯 지켜보던 그 눈길을 설아는 기억하고 있다.

"소문은 듣고 있었어." 아주머니가 입을 열었다.

"애기는 건강해?" 아주머니가 물었다.

억누르고 있던 설아의 감정이 봇물 터지듯 쏟아져 나왔다.

몸을 떨며 흐느껴 우는 설아를 아주머니는 굵은 팔로 꼭 안아 주고 그 등을 통통한 손가락으로 문질러 쓰다듬었다. 한바탕 울고 나서 고개를 든 설아에게 아주머니가 말했다.
"우리 집으로 와!"

5장

바람에 지다

제주도로 귀향한 설아의 옷차림은 전에 비해 별로 달라진 것이 없었다. 날씨에 따라서 걸치는 윗옷이 두꺼워지거나 얇은 옷으로 바뀌는 정도의 차이밖에 없었다. 등에는 언제나 배낭을 메고 있었다. 단출한 여행자 같기도 했고 산길 트래킹을 즐기는 등산객 같기도 했다. 배낭 안에는 늘 같은 것이 들어 있었다. 일본어판 '신 홀로 떠나는 한국'과 한국어판 'MAP+제주도' 이 두 권이다. 열 살까지 제주도에서 살았던 설아지만 제주도에 대해서는 전혀 아는 것이 없었다. 버스를 탄 적은 딱 두 번 있었다. 바닷가에서 살았던 큰아버지의 장례식에 갈 때와 올 때 난생처음으로 버스를 탔던 것이다. 기억에 남아 있는 것은 중산간 지대에 있던 태어나고 자란 초가집과 마을 주변과 비가 오지 않는 한 물을 담지 않는 마른하천뿐이었다.

설아는 제주도로 돌아가겠다고 마음을 굳히고 난 뒤 서점에서 한국 여행 안내서를 구입하여 제주도 편을 여러 차례 반복해서 읽었다. 그 후 제주도에 도착해서 맨 먼저 샀던 것이 바로 이 'MAP+제주도'였다. 제주도에 대한 지리나 지형 감각이 전무하다시피 한 설아였다. 제주도의 지도를 펼치고 우선 자기가 어릴 적에 살았던 마을을 찾는 것부터 시작했다. 제주 전도로는 찾을 수가 없어서 여섯 면으로 분할해서 보다 상세하게 나타낸 지도를 손가락으로 짚어가며 예전에 자기가 살았던 마을을 가까스로 찾아냈다. 때때로 버스를 타고 식료품을 사러 가는 동문시장 근처에 '관덕정'이 있다는 것을 알았을 때는 심장의 박동이 빨라졌다.

여행 안내서에는 '도내에서 가장 오래된 목조 건물로 조선시대에 군사 훈련장으로 건립되어 현재는 도민들의 만남의 장소로 이용되고 있다.'라고 적혀 있지만, 그 자리는 '제주도인민유격대'의 사령관이었던 이덕구의 시신이 내걸린 장소이기도 하다. 설아는 그것을 이덕구의 조카이며 '재일본 제주 4·3사건 희생자유족회'의 회장인 '강 실'에게 자세히 들었던 적이 있다.

1938년에 이카이노의 조선시장에서 태어난 강 회장은 모계 가족 ─ 장남 이호구, 차남 좌구, 장녀 태순(강 회장의 모친), 막내 덕구와 함께 자랐다. 해방 전에 장남과 차남이 오사카의 조선시장에서 '이형제상회'라는 가게를 열고, 그 가게의 이익금으로 독립자금 조달과 조국 광복을 위한 활동에 조력하고 있었다. 그의 모친 태순은 점포의 사무와 회계를 맡고 부친은 철공소에서 일하고 있었다.

……1943년에 호구 큰외삼촌이 병에 걸려서 가족 모두 제주도로 귀환을 했어. 그래서 덕구 막내외삼촌은 '리츠메이칸 대학교' 경제학부를 우리 집에서 다녔지. 대학생인 덕구 외삼촌은 우리 집에서 학비도 대주고 밥도 먹여 주니까 나를 봐줘야 했어. 어머니는 형제상회에서 일을 해야 했으니까. 어머니가 "덕구야! 실이 잘 보고 있어라!" 하면 "예!" 하고 대답을 하

고는 요람을 발로 흔들면서 책을 읽었다는 거야. 내가 굴러떨어진 것도 모르고 책만 읽었대. 어무니 입장에서 보면 하나뿐인 아들인 나도 이쁘고 동생인 덕구 외삼촌도 이쁘니 어떻게 화를 낼 수도 없었대. 1943년 후반에 덕구 외삼촌이 학도병으로 징집됐어. 니시요도가와구의 히메지마역 앞에 환송하려는 일본 사람들이 천 명쯤 모였어. 반도 출신 대학생들이 전장으로 간다면서 말이지. 덕구 외삼촌이 군에서 휴가를 나오면 나랑 한방에서 잤는데, 아이고! 잘 때 방귀 냄새랑 담배 냄새 때문에 난 죽을 맛이었지.

44년이 되자 미군의 공습이 심해져서 우리는 북한의 원산으로 소개했고, 45년 8월 15일에 전쟁이 끝났어. 원산에는 고무공장이 많이 있었어. 조선 사람들이 신는 고무신을 만드는 공장이었지. 그 근처에서 놀고 있었는데 해방이 됐다며 모두 나와 태극기를 흔들며 만세를 부르는 거야. 원산에서 화물열차를 타고 서울까지 가는 데 일주일이나 걸렸어. 부산에서 한동안 지내다가 고향인 김녕리로 돌아온 게 46년 겨울이었어. 내가 국민학교 2학년 때였지.

47년 3월 1일, 운동장을 한 바퀴 돌며 기세를 올린 다음 "으쌰! 으쌰!" 함성을 지르면서 조천국민학교까지 갔어. 근데 거기서 800미터쯤 더 가면 경찰지서가 있는데도 아무런 제지가 없는 거야. 그때까지만 해도 아직 빨갛고 까맣고 하얗고 뭐 그런 게 없었어. '인민위원회'는 있었지만, 아직 확실하게 편이 갈리지 않았던 때였거든.

 그러고 나서 한 달쯤 지났을 때 좌구, 덕구 두 외삼촌이 체포됐어. 덕구 외삼촌은 조천중학원 교사로 학생들에게 엄청 인기가 많았지만, 좌익 성향이 강하다는 이유로, 좌구 외삼촌은 남로당 좌익분자라는 이유였지. 어머니가 돈을 마련해 경찰한테 뇌물을 줘서 두 사람은 석방됐어. 그 후로도 덕구 외삼촌은 선생질을 계속했고, 좌구 외삼촌은 본격적으로 남로당의 '전라남도제주지부' 총무부장으로 활동하며 자금 모금에 분주했지. 좌구 외삼촌은 48년 9월에 북으로 가서 조선노동당에 원조를 부탁했지만 냉대를 당하고, 자금 조달을 위해 다시 일본으로 향했어. 김석범 씨 소설 '화산도'에 나오는 남로당 총무부장은 바로 좌구 외삼촌이 모델이야. 좌구 외삼촌은 고향으로 돌아가지 않고 1994년에 일본에서 생애를 마쳤어.

 덕구 외삼촌이 산으로 들어가게 된 계기는 외삼촌이 가르치던 학생이 조천지서에서 고문으로 죽었기 때문이야. 당시에는 개별적으로 활동하던 남로당이 조금씩 연계를 해나가던 시기였지. 그 시점까지는 좌익운동 단원이 아니었던 덕구 외삼촌은 그때가 스물여덟 살이었는데, 농업학교에서도 오라고 하고 여기저기서 데려가려고 했을 만큼 인기가 많았어. 소학교에 들어가기 전에 걸렸던 천연두 때문에 얼굴은 곰보였지만 엄청 인기가 많았지. 우리 어무니가 업어 키웠어!

덕구 외삼촌이 중학생 때 얘긴데, 아버지가 외삼촌한테 "너는 곰보라서 결혼하기 힘들걸?" 했더니 "매형! 어쩌면 좋을까요?" 그러더래. 우리 아부지는 덕구 외삼촌과 특히나 사이가 좋았어. 어무니가 아부지에게 세탁비누랑 속돌(다공질의 화산암을 가공하여 주로 발뒤꿈치 등의 각질 제거용으로 사용하는 돌. 역자 주)을 들려서 덕구 외삼촌과 함께 목욕탕엘 보냈어. 그런데 돌아온 덕구 외삼촌 얼굴에 피가 번져 있더라는 거야. 아부지가 속돌로 곰보자국을 박박 문지른 거지.

책에서는 덕구 외삼촌이 경찰한테 맞아서 귀가 어두워졌다고 적혀 있는데 그건 아냐. 한쪽 눈과 귀가 나빴던 건 천연두 후유증이야. 몇 번이나 생사를 들락거렸대. 훗날 어느 작가가 고막이 찢어진 게 고문 탓이라고 썼지만, 사실은 그게 아냐. 후세 사람들은 뭐든 미화시키고 싶어 하나 봐. 더불어 얘기하자면, 덕구 외삼촌은 '라무네'(물에 설탕과 포도당 용액을 넣고 라임이나 레몬 향을 첨가한 일본의 탄산음료. '레모네이드'에서 유래. 역자 주) 병 밑바닥 같은 동그란 안경을 끼고 있었어. 일본 군대에서 단련이 돼서 자세가 엄청나게 좋았지. 그 뒷모습은 정말 최고였어.

설아에게 들려준 강 회장의 이야기는 혼자만 듣고 있기가 아깝게 생각될 만큼 내용이 충실했다. 앞에 자료를 갖다 놓고 하는 것도 아니고 메모를 넘겨 가며 하는 이야기도 아니었다. 인

5장. 바람에 지다

명과 지명과 당시의 상황, 그것들에 대해 상세하고도 폭넓게 이야기를 이어갔다. 술을 마시지 못하는 강 회장은 커피와 물을 추가로 마시기도 하고 담배를 피웠다가는 끄고 다시 담뱃불을 붙이기도 하면서 거침없이 이야기를 풀어나갔다. 두 시간이 지나고 세 시간이 지나도 이야기를 계속하는 강 회장에게 설아는 불현듯이 말했다.

"저… 여기 너무 오래 있는 것 같다는 생각이 드는데요……."

"괜찮아, 괜찮아! 난 해마다 이 호텔에서 '관서제주도민협회' 신년회나 송년회도 열고, 태권도협회 모임 같은 걸 할 때 항상 여길 이용해. 난 특급 단골이니까 신경 쓰지 않아도 돼."

강 회장의 말에 설아는 일어서다 말고 다시 의자를 당겨서 깊숙이 허리를 붙였다.

오사카에서 '4·3위령제'가 열린다는 사실을 알게 된 설아는 동아에게 함께 가자고 권했다. 동아는 조선학교에서 열리는 바자회 준비로 바빠서 안 된다고 거절했다. 그다음 해에도 동아는 또 거절했다.

"위령제 식장이 우리가 살고 있는 이쿠노구에 있으니까 자전거로 갔다 올 수 있잖아. 불과 몇 시간이면 되는데 뭐가 그렇게 바빠?" 설아는 그 이유를 추궁하듯 물었다.

"주최가 조총련('재일본조선인총연합회'의 약칭)이 아니라서…"라고 대답하던 동아가 당황해서 방금 했던 말을 취소하고 다음 말을 이었다.

"위령제를 올리는 날에는 나도 마음속으로 손을 모으고 있어. '나무아미타불 관세음보살' 하면서……. 그런데 우리 그이는 이 지역에서 조선학교 교장으로 오랫동안 근무했잖아. 난 어쨌든 그의 아내고. 그이가 가지 말라고 한 건 아니야. 내가 갔다 오겠다고 하면 자기 몫까지 손을 모아 달라고 말할 사람이지. 하지만 사람들 눈에 띄는 장소에 가면 말이 부풀려져 침소봉대가 되는 게 바로 이 바닥이야. 이해해 줘, 설아야!"

설아는 그날 이후로 동아에게 함께 가자고 권하지 않게 되었다. 하지만 어떻게든 아버지와 어머니의 생사를 알고 싶었다. 부모님이 살아 계셨을 당시의 제주도는 어떤 상황이었는지, 그곳에서 일어난 '4·3사건'이라는 것이 무엇인지, 그것을 알고 싶다는 마음이 나이가 들면 들수록 강렬해져서 오사카 유족회 주최의 공부 모임에도 적극적으로 얼굴을 내밀게 되었다.

설아는 '제주도 4·3사건의 유족으로서 말한다'라는 제목을 붙인 강 회장의 강연을 그때 처음으로 들었다.

"아침에는 우익 토벌대에 밤에는 좌익 무장대, 마을 사람들한테는 호랑이도 무섭고 곰도 무서웠던 상황이었죠."

당시의 목숨이 오락가락하는 심각한 상황을 오사카 사투리로 손짓 발짓을 섞어가며 이야기하는 강 회장의 말투에 설아는 약간의 위화감을 느꼈다. 하지만 단상에서 들려주던 강 회장의 이야기를 좀 더 듣고 싶었다. 그래서 개인적으로 만나면 보다 더 상세한 이야기를 들을 수 있지 않을까 해서 망설이고 망설인 끝에 며칠 후 드디어 마음을 굳히고 강 회장에게 전화를 넣었다.

"제주도 노형에서 건너와서 그 후로 줄곧 일본에서 살고 있는 사람입니다. 회장님은 위령제 등에서 몇 번이나 뵈었습니다. 언제 시간이 나시면 차분하게 보다 상세한 제주도 이야기를 듣고 싶습니다만……."

침묵이 흘렀다. 설아는 무례를 범했나 싶어서 긴장이 되었다. 그런데, "아아, 드디어 이런 전화를 주는 사람이 나타났네!"라며 설아의 전화를 반겨 주고 만날 것을 쾌히 승낙해 주었던 것이다.

개인적으로 만난 강 회장의 인상은 위엄 있는 풍모에 '제주특별자치도 태권도협회회장'의 직함을 가지고 있는 만큼 다부진 체구의 소유자였다. 더블슈트를 입고 나온 강 회장은 사업가로서도 성공을 했고 왠지 암흑가의 보스 같은 분위기마저 풍겨서 개인적으로는 다가가기 힘들 것처럼 느껴졌다. 그러나 몇 번 만나서 이야기를 듣는 동안에 설아는 강 회장의 내부에 4·3 당시의 가련한 소년이 그대로 살아 있다는 것을 수시로 느낄 수 있었다.

설아는 이전의 강연회에서 들었던 강 회장의 말투에서 약간의 위화감을 느꼈다고 솔직히 고백했다. 그랬더니, "그건 말이야. 그런 장소에서 진지하게 4·3사건에 대해 얘기했다면 난 아마 울어버렸을 거야. 그래서 그런 식으로 말했던 거지." 하고 강 회장이 말했다. 아마도 그랬을 것이다. 강 회장과 몇 번 만나게 되면서 그의 인품을 알게 된 설아는 "아아, 그랬었구나…" 하고 비로소 납득을 할 수가 있었다.

……1948년 12월 중순에 경찰이 우리를 잡으러 와서 우리는 모두 마당으로 끌려 나왔어. 아버지가 경찰에게 우리 형제들을 가리키면서 "이 아이들은 살려 주세요!"라고 했어. 우리는 "어무니! 어무니!" 하면서 울부짖었고, 어무니는 "곧 돌아올게, 돌아올 거야!"라며 우리를 달랬지. 소대장이 어무니가 업고 있던 두 살배기 순덕이를 우리한테 건네려고 하니까 어무니는 "이 애를 나이도 어린 저 애들한테 맡기면 애나 쟤들이나 다 죽습니다! 이 애는 제가 데려가겠습니다!"라고 했어. 덕구 외삼촌네 가족들은 조천지서로 끌려갔다가 관덕정 앞에 있는 제1구(제주)경찰서로 옮겨진 후, 사라봉 근처의 별도봉에서 해 질 무렵에 총살을 당했어. 이덕구에게 세 번이나 투항할 것을 종용했지만 소용없다는 것을 알고 그렇게 했겠지. 외가 쪽 친척 스물세 명이 사살을 당했고. 그 시신들 말인데, 죽고 나서 몇 달이나 지나서 수습하러 갔더니 시신이 반으로 쪼그라든 거야. 손이나 이빨, 옷 같은 걸로 신원을 확인하려

했지만 잘 알 수가 없었지. 그래도 어머니와 좌구 외삼촌 부인은 바로 알 수가 있었어. 둘 다 두 살 난 아이가 옆에 있었으니까. 아부지는 두 사람의 시신을 비교해 보고 누가 누군지 몰라서 머리를 감싸고 난감해하다가 좌구 외삼촌댁이 금니를 하고 있던 걸 생각해 냈어. 어머니는 치아가 참 고르셨거든, 그걸로 확인을 했어. 우리가 어머니 시신을 확인하러 갔던 건 총살을 당하고도 7·8개월이 지났을 때였어. 살점은 거의 남아 있지 않았지. 옷도 비와 피 그리고 습기 같은 것들 때문에 절반 정도밖에 남아 있지 않았고. 그걸 깨끗하게 수습해서 천으로 유해를 감쌌어…….

설아는 일류 호텔 커피숍에서 강 회장의 이야기를 듣고 있었다. 잘빠진 더블슈트 재킷의 윗주머니에는 넥타이와 동일한 색깔의 손수건이 꽂혀 있었다. 천정이 높고 객석 간의 거리를 넓게 잡았다고는 하지만 칠십을 넘긴 노신사가 타인의 시선도 아랑곳하지 않고 몸을 떨며 오열했다. 한바탕 울고 난 후 강 회장은 담배에 불을 붙이고 연기를 피워 올리며 다시 이야기를 이어 나갔다.

……1949년 6월 7일의 일이야. 네댓 명의 경찰들이 한밤중에 문을 두들겨댔어. 아부지가 밖으로 나갔더니 경찰이 "애들도 데리고 나와!" 그랬어. 아부지는 '아! 오늘이 제삿날이구

나!'라고 각오를 하셨던 것 같아. 죽는 날이라고 말이지. 아부지는 "이 어린 것들한테 무슨 죄가 있습니까?! 외삼촌 때문에 어미를 잃은 이 아이들이 무슨 죄가 있단 말입니까?!"라며 대들었어. 그런데 그 경찰이 "이덕구의 시체가 발견되었다. 그것이 이덕구의 시체가 틀림이 없는지 가서 확인해 주길 바란다."라는 거야. 그래서 제1구경찰서로 모두 같이 갔지. 일 년 전에 만났던 덕구 외삼촌의 얼굴을 내가 어떻게 잊을 수가 있겠어!

갔더니 하얀 천을 뒤집어씌워서 눕혀 놨더군. 거기에는 함병선 연대장, 경찰서장, 육군 대령, 헌병대장 등이 빙 둘러서 서 있었어. 흰 천을 벗기더니 "이덕구가 틀림없나?"라고 물었고, 아부지는 "예, 틀림없습니다······."라고 대답했지. 아부지가 연대장에게 "덕구는 제 처남입니다. 촛불을 켜고 과일이라도 공양을 하고 싶습니다."라고 부탁을 했어. 함병선 연대장은 덕구 외삼촌과 같은 학도병 출신이었는데 나이도 같았지. 그는 적장에 대한 예의를 갖출 줄 아는 사람이었어.

"그럼, 그렇게 하시오. 이 사람은 빨치산의 모든 죄를 짊어지고 갔으니까."

보통의 경우라면 그렇게는 못 하지.

아침 열 시쯤 관덕정에서 덕구 외삼촌의 시신이 나무 십자가에 매달렸어. 윗옷 주머니에 숟가락이 꽂혀 있었지. 그때는 사람들에게 본보기를 보여주려고 그렇게 해 놓은 줄 알았는데,

꽤나 시간이 흘러서 들은 얘기로는 그건 암호였대. 요컨대 모두가 제주 사람이었거든. 모두가 갈중이를 입고 경찰도 변장을 하고 있으니까 적인지 내 편인지 누가 누군지를 알 수가 없었던 거지. 신발로 분간하는 경우도 있었지만 죽은 토벌대의 신발을 신고 있는 빨치산도 있었고. 그래서 진짜 동지인지 가짜인지 알아보기 위해서 암호가 필요했던 거야. 숟가락이 곧 신분증이었던 셈이지.

나와 친구는 종일 관덕정 주변을 왔다 갔다 했어. 장마철이라 아침부터 흐린 하늘에서 빗방울이 뚝뚝 떨어지고 푹푹 쪘어……. 그런데 한 사람도 분노하는 사람이 없었어. 저 빨갱이 잘 죽었다고 말하는 사람도 없었지. 모두가 침울한 표정으로 머리를 숙여서 예를 표하고 지나갔어.

……저녁 대여섯 시가 되자 시신이 부패하기 시작했어. 말이나 소나 개의 사체가 썩는 냄새를 '1'이라고 한다면 사람 썩는 냄새는 그 다섯 배에서 열 배는 될 거야. 그건 실제로 맡아 본 사람이 아니면 몰라. 아침부터 점심때까지는 별로 그렇지도 않았는데, 세 시를 넘기니까 정말 그 지독한 냄새가…….

일본 군복을 입고 깨끗한 얼굴이었지. 끼고 있던 안경은 어디론가 날아가고 없었어. 그대로 두면 위생상 좋지 않다며 땅바닥에 내린 다음에 거기서 1킬로미터 정도 떨어진 오현단 뒤쪽에 있는 남수각으로 옮겼어. 거기엔 비가 내리면 물이 흐르지만 내리지 않으면 건천이 되는 시내가 있는데, 산지천으로 이어져서 바다로 흘러나가는 하천이야. 그 둑에서 덕구 외삼촌의 시신에다 휘발유를 뿌려서 태운 경찰이 우리 집에 들러 그 장소를 살짝 가르쳐 줬어. 이제라도 가서 뼛조각이라도 수습해서 언젠가 평화로운 시절이 오면 무덤이라도 만들어 주라고 하더군. 경찰도 좋은 사람이 있고 나쁜 사람도 있지. 어떤 세상이라도 다 그래. 아부지와 나는 바로 가려고 했지만, 비가 내리기 시작했어. 밤도 깊은 데다 어쩔 수가 없었지. 다음 날 아침 일찍 뼈를 담을 항아리를 준비해서 그곳으로 향했어. 그런데 간밤에 내린 비로 거기엔 물이 흐르고 있었어. 전부 다 하나도 남김없이 태평양으로 떠내려 가버린 거야. 아부지는 "아이고, 덕구야! 넌 정말로 깨끗하게 가버렸구나!" 하고…….

……1949년 4월부터 민보단(民保團: 1948년 5·10 총선거 때 조직되어 1950년 봄까지 경찰의 하부 지원조직으로 활동한 단체. 역자 주), 경찰, 군대로 구성된 합동 토벌대가 조직됐어. 한라산을 포위하고는 빨치산 사냥을 시작했지. 이덕구 부대는 일부러 산 아래쪽 부락에 숨어 있었어. 모두 한라산의 정글 같은 깊숙한 곳을 뒤지니까 허를 찌른 거지. 봉개 쪽은 아직 숨을 곳이 많았어. 거기에 아지트를 만들었는데 제주시 쪽으로 가기에도 가까웠지. 봉개에서 동남쪽으로 제주시로 나가는 루트도 만들었고 그 루트를 통해 여러 정보들이 상세하게 들어왔어. 그런데 얼마간 지나자 식량 보급이 거의 끊겼어. 부사령관이 아지트를 빠져

나가 자기 밭으로 가서 완두콩을 따 먹고 있는 것을 마을 사람이 보고 경찰에 신고를 한 거야. 그 밭 두 번째 돌담을 넘은 곳에서 총을 맞고 죽었지. 부사령관의 죽음은 비밀에 부쳐졌어. 그 후로 한 달가량 이덕구 부대는 필사적으로 굶주림을 견디고 있었어.

6월 초에 재정부장이 마을 사람들이 소개돼서 아무도 없는 마을에 먹을거리를 구하러 갔어. 아무도 없었지. 어느 큰 집에 갔더니 항아리에 막걸리가 찰랑찰랑하게 들어 있었어. 빈속에다 잠이 부족한 상태에서 그걸 마시고는 취해서 곯아떨어졌는데 그걸 경찰 토벌대가 발견한 거야. '아이고, 오늘이 내 제삿날인가보다!'라고 각오를 했던 것 같아. 재정부장은 배포가 큰 사람이었어. 부잣집 아들에 키도 크고 싸움도 잘하는 재미있는 남자였지. 그 사람 아부지가 우리 아부지랑 친해서 나를 많이 귀여워했는데, 그 사람이 잡힌 거야.

처음엔 자기가 일등병이라고 거짓말을 했지만 일단 경찰서로 끌려갔지. 거기서 마주친 자가 신촌 출신 김 아무개라는 초기 빨치산 활동 당시의 조직부장이었어. 나중에 변절해서 살아남은 자지. 그자 때문에 신촌 사람들이 참 많이 죽었어. 자기 매형이 경찰이었던 관계로 변절해서 경찰이 된 자야. 그자는 일본에 올 수 없을 거야. 그자 때문에 가족을 잃은 사람들이 일본에 많으니까 오면 어떻게 될지…….

그자는 우익을 대표한 어떤 책에서 '빨치산은 싫지만, 이덕구는 좋아했다'고 썼어. 그자는 덕구 외삼촌의 어릴 적 친구였는데, 나이도 같고 같이 한라산에 들어가서 빨치산 활동을 한 사이였어. 인간이란 아무리 의지를 굳게 다졌다고 생각해도 목숨이 아까우면 저쪽으로 돌아누울 수 있다는 거지. 바로 그 자랑 경찰본부에서 얼굴을 마주하게 된 거야. 빨치산의 초기 조직부장과 재정부장이라는 최고 간부급 두 사람이 거기서 딱 마주친 거지. '아! 이젠 틀렸다!'라고 각오를 했던 것 같아. 연대장과 경찰 간부들이 죽 늘어앉은 자리에서 이덕구가 있는 곳을 대면 목숨은 살려 주겠다는 조건부 제안을 받은 것 같아. 밤새 고민한 끝에 결국 이덕구 부대가 있는 곳을 불었어. 제1구경찰서의 부대가 봉개의 아지트로 향했지만, 육군에게는 알리지 않았어. 세력 경쟁에서 경찰이 먼저 공을 세우고 싶었던 거지. 공을 세우면 이승만에게 칭찬도 받고 그 대가도 당연히 있는 법이니까.

그 아지트를 포위하고 처음 10분간은 총격전이 있었던 것 같아. 그러다가 잠잠해졌는데 경찰들이 일방적으로 쏴대도 아무런 반응이 없더래. 한 시간 정도 상황을 보다가 경찰이 아지트를 덮쳤더니 이덕구만 쓰러져 있었어. 부대원 이십여 명을 피신시키고 이덕구는 자살한 거야. 십자가에 매달려 있는 사진을 봐도 알 수 있듯이 관자놀이에 총탄이 한 발, 깨끗한 얼굴 그대로였어. 전투 중에 맞았다면 그렇게 될 리가 없지. 동지들을 구하기 위해 덕구 외삼촌은 스스로 목숨을 끊은 거야. 우리가 덕구 외삼촌의 시신을 확인한 이틀 후에 자기가 이덕구를 사살했다고 거짓말을 한 열여덟 살 난 경찰은 2계급 특진에 엄청난 상금도 받았어. 경찰은 이덕구가 자살한 것을 그저 숨기기에만 급급했던 거지…….

이덕구 부대의 후일담인데, 덕구 외삼촌이 자살하고 이십여 명은 피신했어. 그 총책임자는 이순우라는 호구 큰외삼촌의 아들이야. 9월 중순경에 부대가 포위됐어. 순우 형이 오른발에 부상을 당하는 바람에 모두가 손을 들고 항복을 했어. 우리 집이 주정 공장으로 가는 길에 있었어. 우리 집에서 왼쪽으로 가면 농업학교가 나와. 주정 공장에 오십 명 정도의 빨치산이 수용돼 있었는데 그 일행들이 우리 집 앞을 지나가는 거야. 순우 형은 걸을 수 없었기 때문에 선두에서 부축을 받으며 가고 있었어. 내게는 외사촌 형이지. 내가 달려가려고 하자 순우 형은 모르는 척하라고 눈으로 말하고 있었어. 거리에는 마을 사람들이 이덕구의 마지막 부대가 지나간다고 모여들었고. 아부지는 집 앞에 서서 눈으로 인사를 했어. 그리고 일주일 후에 처형됐어.

1949년 10월 2일의 일이야. 지금의 제주국제공항 근처에서 총살당했어. 최후의 만찬으로 소고기와 흰쌀밥이 나왔대. 젊은 사람들은 이제 살았나보다 하며 둘러앉아 먹었고, 모두가 식사를 마쳐갈 즈음에 약관 스물아홉 살의 순우 형은 "이것이 최후의 만찬이다! 여기까지 와서 미련을 가지고 발버둥치지 말자! 살려 달라고 목숨을 구걸하지 말자! 우리는 나쁜 일을 한 게 아니다. 당당히 가슴을 펴고 죽자!"라고 말한 후 당국에는 "나를 포함해서 십여 명은 진짜 빨치산이오. 각오는 하고 있소. 하지만 나머지는 우리의 선전이나 강요에 의해 따라온 사람들이니 부디 이들은 살려 주시오!"라고 부탁을 했어. 그래서 살아난 사람이 몇 명인가 있지. 그 사람들은 그 후 군에 입대를 했어. 시신들은 도두봉 기슭과 제주국제공항 밑에 그대로 있어. 그 위를 비행기가 뜨고 내리고 있는 거지.

당시 일반 민중들은 어떻게 했냐면, 해방이 되자 일제 시대에 경찰관, 면서기, 특무과 형사 같은 걸 해먹은 놈들을 엄청 두들겼지. 그런데 그놈들이 삼일절 후에(1947년 3월 1일, 삼일절 기념행사에 모인 민중에게 경찰이 발포하여 6명이 사망. 이듬해의 4·3사건의 도화선이 됨) 다시 정부에 고용된 거야. 서북청년회가 들어오기 전이지. 게다가 콜레라가 유행하고 있었고, 엎친 데 덮친 격으로 흉년이 거듭되는 와중에 일본으로 갔던 귀환동포들이 속속 들어오고 있었어. 먹을 건 부족하고 일자리는 없고, 열에 여덟은 불평불만을 쏟아냈지. 제주 사람들 성격은 그때까지 식민지 치하에서 억눌려 살아왔던 백성들이라 원래 그 옛날 고려시대 때부터 관에서 하는 말은 곧이듣질 않았어.

……4·3사건이 터지고 석 달쯤 지났을 때야. 덕구 외삼촌이 일개 소대를 이끌고 신촌리로 왔어. 우리 어무니와 할무니가 오랜만에 산에서 내려왔으니까 닭을 잡아서 대접했지.

5장. 바람에 지다

아홉 살이었던 난 덕구 외삼촌 곁을 잠시도 떠나지 않았지. 그랬더니 어무니는 "그렇게 딱 달라붙어 있으면 모처럼 잡은 닭이 외삼촌 목으로 넘어가겠니?" 하시는 거야. 난 덕구 외삼촌이 이 세상에서 제일 위대하다고 생각했어. 괭이와 쟁기를 대장간에 가져가서 녹인 다음에 중국 사람이 쓰는 것 같은 넙적한 칼을 만들었어. 한라산은 숲이 우거졌으니까 그 칼로 헤치고 나가는 거지. 그 칼을 집에서 갈았는데, 그때 물을 떠오는 게 내 역할이었어. "나도 빨갱이다!" 국민학교 3학년인 내게 인민을 위해 싸운다는 그 말이 얼마나 마음을 울렸던지……

설아는 구시가지 중심부에 있는 관덕정 앞을 서성거린다. 관광버스 몇 대가 서 있다. 관광객이 관덕정을 배경으로 사진을 찍고 있다. 설아는 건물 벽이 없어서 사방이 트여 있는 관덕정 앞에 서서 이덕구의 시신이 십자가에 매달려 있는 사진을 머릿속에 떠올린다. 십자가에 매달린 채 죽어 있는 그를 애도하듯 아이부터 어른까지 수많은 사람들이 모여든 사진이다. 소년이었던 강 회장이 인파 속에서 왔다 갔다 하는 모습을 떠올린다. 타인의 눈을 의식하지 않던 강 회장의 오열이 되살아난다.

……일본에서 '4·3유족회'가 결성된 것은 1998년 4·3사건

50주년 기념사업 때였고, 그때부터 유족회 회장을 맡아 오고 있어. 회원은 90명 정도고. 4·3사건을 겪은 사람은 국가를 믿지 않아. 위령제에 참가하기는 해도 유족으로 신고하지 않는 사람들도 많아. 다시 대통령이 바뀌면 어떻게 될지 모른다는 거지. 당시의 공포감이 아직까지 남아 있는 거야. 모가지가 몇 개라도 부족할 거라는 거지.

조총련 사람들은 거의 가입을 안 했어. 당시 '4·3사건'이란 말은 조총련에서는 금기어였어. 조선학교에 다니고 있던 좌구 외삼촌의 아이들을 이용해서 북한은 덕구 외삼촌의 묘비를 만들었어. 어느 날 조총련 사람들이 북한에 세워진 그 사진을 가지고 와서 내게 기부금을 내라고 하는 거야. 난 먹고 살기도 빠듯하다며 거절을 했지. 만에 하나라도 잘못 됐다간 한국에 갔을 때 엄청 힘들어지거든.

그해 제주도엘 갔었는데 어떤 사내에게 밀고를 당했어. '한국대학총학생회연합'을 후원하기 위해 한국에 7억 원을 가지고 들어온 놈이라고 말이야. 그래서 중앙정보부까지 가서 엄중한 조사를 받았어. 결국 사실무근으로 밝혀져서 자유의 몸이 되긴 했지만 말이야.

……제주도에서는 '빨갱이'란 소릴 듣고, 부산에 가면 '제주도 똥돼지'라고 놀림을 받고, 일본에서는 '조센징'이라고 멸시를 받아 왔지. 놈들에게 복수해 주겠다는 일념으로 악착같이 일해서 돈을 벌었어. 돈 앞에서는 누구나 고개를 숙이거든. 하

지만 돈보다도 역시 자존심이야.

 4·3은 사상이다, 이념이다, 이러쿵저러쿵 말하기 전에 제주도에서 태어나 삼팔따라지나 그 외의 것들에게 혹독한 괴롭힘을 당했기 때문에 그냥 거기에 대항해서 싸웠던 것뿐이야. 그것을 후세 사람들이 모험주의니 뭐니 하는 딱지를 붙이기도 하는데, 인민을 위해 목숨을 걸었던 혁명가들의 의지를 전하고 싶어. 제주도는 전설과 신화가 얽혀 있는 평화의 섬이었어. 정말 지독히도 백성들을 괴롭혔으니까 나도 청년이었다면 그렇게 싸웠을 거야. 그런 상황에서 제주도 남자가 찍소리도 한 번 못하고 산다면 불알 떼서 까마귀한테나 던져 줘야지!

 4·3평화공원으로 가는 버스가 올 때까지는 아직 40분 정도를 더 기다려야 했다. 설아는 벤치에 앉아서 오가는 사람들을 바라보고 있었다. 가을 특유의 청명함이 가득한 평화로운 날이었다. 날짜는 겨울에 근접해 있는데 요 근래 며칠간은 바람도 없어서, 양지로 나가면 땀이 맺힐 정도로 햇살 가득한 화창한 봄날 같은 날씨가 이어지고 있었다. 설아는 작은 뜨락에 떨어져 쌓인 감나무 이파리들을 쓸어 모으다가 문득 생각에 잡히는 바가 있었기에 버스를 탔던 것이다.

 4월 3일에 있었던 제주 4·3위령제를 떠올려본다. 아침까지 그치지 않던 비는 무료 셔틀버스를 타고 행사장에 도착할 무렵에는 멈추었지만, 4월이라고는 믿기지 않을 만큼 싸늘한 한기가 파고드는 날씨였다. 바람도 강해서 행사장 주변에 설치된 각각의 마을 이름이 적힌 천막들은 모두 쓰러져 있었고, 참석자들이 앉을 의자도 넘어져서 나뒹굴고 있었다. 설아가 고향 제주도로 귀향했던 이후 처음으로 참석하는 위령제였다. 카메라 셔터를 누르려고 해도 손이 곱아서 생각대로 되지를 않는다. 드넓게 펼쳐진 잔디밭은 어젯밤부터 내린 비로 질척거렸다. 비구름이 하늘을 덮는가 싶더니 강풍에 찢기듯 제각기 흩어져 달아나버린다. 이따금 가랑비가 흩뿌린다.

반투명의 우비를 입은 남자들이 참석자들에게 우비를 건네고 있었다. 설아도 받아서 얇은 코트 위에 걸쳤다. 삼천 명이 넘는 참석자 전원에게 우비를 제공하고 있었는데, 그 기민한 대응에 설아는 감동을 받았다. 인공 연못이 있는 위령탑을 지나 위령제가 열리는 광장을 향해 사람들이 계속해서 돌계단을 올라오고 있었다. 형형색색의 우산들 틈으로 보였다 가렸다 하면서 우비를 건네고 있는 남자의 모습이 눈에 들어왔다. 유달리 작은 몸집의 사내였다. 그 남자의 상의 후드가 바람에 벗겨져 얼굴이 드러났다. 남자의 눈썹에 있는 커다란 사마귀가 눈에 들어왔다. '혹시 윤호?!' 설아는 인파에 휩쓸려 멀찍이서 남자를 응시했다. 윤호였다.

가랑비는 점점 굵어지더니 본격적으로 쏟아지기 시작했다. 식장은 우산이 만든 꽃으로 가득 찼다. 빗속에서 위령제는 엄숙하게 진행되었다. 묵념을 할 때 사람들은 일제히 우산을 내리고 일어서서 머리를 숙였다. 빗방울이 우비의 모자를 때렸다. 설아는 빗속에서 피어오르는 선향의 향내가 감도는 가운데 참석자들과 함께 하얀 국화를 헌화했다. 눈물이 두 뺨을 타고 흘러내렸다.

위령제가 끝나고 참석자들은 셔틀버스가 대기하고 있는 주차장으로 걸어갔다. 설아는 멈추어 서서 뒤꿈치를 들고 둘레둘레 윤호를 찾아봤지만, 우산들이 앞을 가려 찾을 수가 없었다. 실망도 잠시, 마음속에서 환희가 솟아오름을 느꼈다. '아! 살아 있었구나! 그 팥죽이라고 놀림을 받던 윤호가 살아 있어!······'

시외버스 터미널에서 버스에 올랐던 많은 승객들은 도중에 모두 내리고, 4·3평화공원에 도착할 즈음에는 설아 혼자만 덩그러니 남아 있었다. 광대한 공원에는 잔디밭과 수목을 손질하고 있는 나이 지긋한 여자들을 제외하면 눈에 띄는 사람은 없었다. 인공 연못 주변의 갈대들이 은색으로 빛나며 산들바람에 흔들리고 있었다.

설아는 '4·3평화기념관'에 들렀다. 위령제에 참석하기 위해 왔을 때는 시간도 없었고 멀리 떨어져 있는 이제 막 완공된 듯한 파란 건물을 보았을 뿐이다. 상설 전시실에는 선생님과 함께 온 중학생들이 큐레이터의 설명에 진지하게 귀를 기울이고 있었다. 여섯으로 나뉜 전시실에서 4·3사건의 역사가 대단히 알기 쉽고 상세하게 소개되고 있어서 설아는 빠져들 듯 꼼꼼히 살피며 둘러보았다. '불타는 섬 — 초토화와 학살'이라는 주제의 제4전시실에서 미군정 수뇌부 조병옥 경무부장의 이름을 발견했을 때는 문득 강 회장이 했던 말이 생각났다.

……1948년의 5·10 단독선거 거부(한반도가 남북으로 분단되는 것을 용인하는 이 선거는 남한에서 실시 된 200곳의 선거구 중 제주도의 2개 선거구가 투표수 미달로 인해 무효가 됨)가 있었던 후로 육지에서 경찰 특수부대와 서북청년회원들이 계속해서 들어왔어. 경찰서장도 제주도민을 제쳐두고 본토 사람으로 갈아치웠지. 그자가 바로 조병옥이야. 그놈은 죽어 마땅한 인간인데 살아 있다면 내가 그냥……. 그놈이 제주 사람들을 빨갱이, 똥돼지라며 몰살시키려고 했던 거지. 어떻게 그런 일이 있을 수가 있었는지……. 아이들은 때가 덕지덕지하지, 옷이라곤 입고 있는 게 전부지, 흉년이 들면 소나 말의 여물을 먹었어. 인간 이하의 생활이었지. 미군들이 보면 사람 취급하고 싶지 않았을 거 아냐. 그런데 지들한테 이의를 제기해 오거든. 그래서 조사해봤더니 의외로 인텔리가 많고 교육 수준도 높았던 거지. 내 추측으로는 빨갱이가 되면 이렇게 된다는 것을 본보기로 삼아 보여주려고 했던 것 같아. 제주도민들 가운데 열에 여덟은 그저 통일된 조국에서 살고 싶다는 마음, 그냥 그것뿐이었어. 그걸 그 조병옥이라는 놈이 강경 진압 일변도로 토벌에 토벌을 거듭했던

5장. 바람에 지다

거야. 아마 제주도 사람치고 그놈 이름을 듣고 치가 떨리지 않는 사람은 없을걸?!

격앙이 되어 입술을 떠는 강 회장의 뺨을 타고 눈물이 흘러내렸다.

4·3사건 당시 열 살의 소년이었던 강 회장이 그 후로 살아온 60년이 넘는 세월은 수도 없이 4·3을 되돌아보고 검증하는 시간의 연속이었을 것이라고 설아는 생각한다.

설아는 제주도로 귀향하기 며칠 전에 강 회장에게 짤막한 편지를 써서 보냈다.

강 회장님께

몸 건강히 잘 지내시는지요.

일전에 긴 시간 동안 귀중한 말씀을 들려 주셔서 정말 고마웠습니다.

저 혼자 듣고 있기가 아깝다는 생각이 드는 말씀이었습니다.

일본에서는 알 길이 없었던 제주도 4·3사건의 이야기를 들으면서,

생사를 모르는 부모님의 모습을 떠올리며 듣고 있었습니다.

저의 사정을 회장님께도 말씀드렸습니다만,

여러모로 생각한 끝에 만년을 제주도에서 보내기로 했습니다.

하나뿐인 딸도 결혼을 해서 귀여운 손자 둘을

품에 안아보는 행복도 누렸습니다.

어미로서 최소한의 의무는 다했다고 생각합니다.

이제부터는 지금까지 줄곧 마음에 걸렸던

부모님의 생사와 관련된 전후 사정을 추적하며 살아갈 생각입니다.

제주도의 4·3관련 행사에서 어쩌면 뵙게 될지도 모르겠습니다.

모쪼록 언제나 건강하시기를 바랍니다.

고 설아 올림

답장은 없었지만 "아아! 오오! 그랬군! 그랬구나!" 하고 연신 고개를 끄덕이며 편지를 읽을 강 회장의 모습을 상상할 수 있었다.

위령탑을 둘러싸듯 각 마을 희생자들의 이름이 지역별로 비석에 새겨져 있었다. 설아는 노형리 각명비에 새겨진 이름들을 하나씩 읽어 나간다. 아버지의 이름은 없다. 어머니의 이름도 없었다. 열 살의 나이로 제주도를 떠난 설아에게 친했던 마을 어른들은 남녀를 불문하고 누구나 다 '삼촌'이었다. 각명비에 새겨진 사망자의 이름에서 누군가를 기억해 내려고 애를 써봤지만 그렇게 되지는 않았다. 다른 마을 비석보다도 큰 노형리의 각명비에서 발길을 돌리려는 찰나 '박원수'라는 이름이 눈에 들어왔다. 팥죽 윤호의 성은 분명 박 씨였다. 우연히 손에 넣은 두툼한 경찰 문서를 한 장 한 장 떨리는 손으로 넘겼던 날의 기억을 더듬었다. 단기 4281년(1948)의 사망자 기록에 '총살'이라고 적혀 있었다. 유가족란에는 '윤호(11) 장남. 현말이(73) 조모. 생활상태 곤란.'이라고 기록되어 있었다. 윤

5장. 바람에 지다

호의 이름을 발견했기에 뚫어지게 쳐다봤던 기억이 남아 있는 것이다.

 설아는 하늘을 올려다보았다. 티 없이 맑고 드높은 가을 하늘에 까마귀 무리가 모양을 그리듯 비상하고 있었다. 설아는 위령제가 열렸던 광장을 거쳐 위패 봉안소로 향했다. 정면 입구에서 헌향을 하고 깊숙이 머리 숙여 예를 올린 다음 안으로 들어갔다. 설아는 원을 그리듯 지어진 봉안실 중앙에 섰다. 공조 장치에서 나는 소리 말고는 아무 소리도 들리지 않았다. 자신의 숨소리가 들린다. 설아 혼자였다. 고개를 돌려 봉안소 내부를 찬찬히 둘러보았다. 노형리라고 쓰인 곳 앞에 서서 아버지의 이름을 찾고 어머니의 이름을 찾는다. 두 분의 이름은 없었다. 수많은 사망자의 이름은 검은 위패에 하얗게 새겨져 있었다. 일만 사천이백서른한 명 사망자의 이름이 흰 연기가 되어 날아올라 천상으로 향하는 것 같은 착각에 사로잡혔다. 순간, 섬 전체에 핀 동백꽃이 일제히 떨어지는 환청을 설아는 들었다.

 그날 밤 설아는 오사카에서 살고 있는 하나뿐인 딸 가야에게 컴퓨터로 메일을 보냈다.

 사랑하는 내 딸 가야에게
 건강하게 잘 지내고 있니?
 우리 두 손자도 건강하겠지?

너희 부부도 사이좋게 지내고 있지?

내가 곁에 있다면 이렇게 물을 필요도 없겠지만…….

난 오늘 제주 4·3평화공원에 다녀왔단다.

위령제가 열렸던 4월과는 달리 그 넓은 공원에 나 혼자뿐이었어.

가을 하늘은 맑디맑았고 까마귀 무리가 하늘을 종횡무진 날고 있었다.

검정 까마귀들이 한 폭의 천을 펼친 것처럼

줄을 지어 날고 있는 모습을 보고 있자니

왠지 14,231명의 원혼들을 기리는 이 평화공원을

검은 리본으로 감싸려는 것처럼 느껴졌다.

내 부모님의 이름을 찾을 수 없었단다.

각명비에도 위패 봉안소에도

3,578명의 행방불명자 묘비 그 어디서도 찾을 수가 없었어.

낙심해서 벤치에 앉아 있을 때 문득 생각나는 것이 있었어.

신고자가 없었기 때문이 아닐까 하고 말이야.

부모님께는 나와 쌍둥이인 동아가 있었어.

아버지는 줄곧 행방을 몰랐고

어머니가 우리 둘을 일본으로 피신시키셨지.

하지만 아버지에게도 어머니에게도 분명 친형제가 있었을 거야.

그 부분을 추적해 보면 틀림없이

아버지와 어머니의 생사를 알 수 있지 않을까 하는 생각이 들어.

그런데 이름들이 생각나지를 않아.

아무나 다 '삼춘'이라고 불렀으니까…….

하지만 옛날에 살던 마을의 주민 센터에 가보면
어떻게든 될 것 같다는 생각이 들기도 해.
어쩐지 속이 후련해졌단다.
마을 한구석에는 어느 깊은 산속에서
남몰래 살고 계시지나 않을까 하는 희망이 남아 있기는 하지만,
그로부터 벌써 60년이 지났다.
살아 계신다면 아버지도 어머니도 구십이 넘었지.
그간의 60년 세월 동안 아무 소식도 없는 것을 보면
역시 4·3의 광풍에 휩쓸렸다고 생각하는 것이 타당할지도 몰라.
하지만 확인하고 싶구나…….
이렇게 모호한 상태로는 난 살아갈 수가 없단다.
너희들의 반대를 무릅쓰고 이곳에 온 것도 다 그런 이유에서였다.
생각하기도 싫지만, 만약 부모님이 이 세상 사람이 아니라면
아버지와 어머니의 묘비 앞에 제사상을 차려놓고 불효를 빌면서
한없이 마음 내킬 때까지 울고 싶구나.
내가 생각하는 것은 단지 그것뿐이다.
오늘은 한 줄기 빛을 찾아냈다.
조금 전 밖에 나가 하늘을 올려다보니
아주아주 둥근 달님이 나와 있었어.
가야 네가 갓난아이였을 때처럼 쟁반같이 둥근 달님이…….
모두 건강하게 지내거라.

엄마가

제주도에서 살고 있는 어머니로부터 메일을 받은 가야는 2층 베란다로 나가서 밤하늘을 우러러보았다. 둥근 달이 떠 있다. 달나라에서 뿌린 이슬이 사뿐히 내려와 집집마다의 지붕이 촉촉하게 젖어 있는 것처럼 보였다.

6장
바람, 빛나다

진통제가 효과가 있었는지 침대에 누워 잠든 희동의 표정이 편안해 보였다. 덥수룩하게 자란 수염에는 흰 수염이 섞여 있었다. 벽에 걸려 있는 옷걸이에는 위장에 영양제를 주입할 때 쓰는 투명한 튜브가 걸려 있다. 그것만 시야에 들어오지 않는다면 그저 어느 평온한 가을날 하오에 한가로이 낮잠을 즐기는 행복한 사내처럼 보였다. 일 년 가까이 병마와 싸우고 있음에도 불구하고 그다지 야위거나 까칠해지지는 않았다. 머리에는 빗질을 한 자국이 있고 이불 사이로 청결한 잠옷이 엿보였다.

　설아는 침대 옆에 선 채로 희동의 얼굴을 바라보고 있다. 희동이 잠들어 있기에 바라볼 수가 있다. 열 살 때 처음 만나 그 후로 60년을 가까이에 두고 살아오면서도 설아는 희동과 눈을 마주친 적이 없었다. 시선을 느끼면 고개를 숙여버리고, 말을 걸어오면 몸이 굳어졌다. 완고했던 것이 아니라 어떻게 하면 좋을지 몰라서였던 것이다. 설아는 동아의 대범한 성격이 부러웠다. 같은 부모 밑에서 태어났음에도 어찌 이리도 성격이 다를까를 생각하면 괜스레 약이 올랐다. 조금만 더 시간을 만들었더라면 동아처럼 희동과 마주할 수 있었을지도 모른다. 그랬다면 인생이 달라졌을까? 하지만 그 일이 일어났다. '그 일만 일어나지 않았더라면 희동을 간병하고 있는 건 나였을지도 모른다…….' 수도 없이 스스로에게 물었던 것을 자고 있는 희동을 앞에 두고도 되풀이하고 있는 자신의 어리석음에 설아는 눈시울을 적셨다.

 이제 내일모레면 설아는 일본을 떠나 제주도로 향한다. 이것이 마지막 이별이 될지도 모른다. 희동이 한자연습장에 써 준 '원기의 원, 건강하게 지내!'라는 그 말이 삶의 버팀목이었다. 희동의 손을 잡고 "건강하게 지내!"라고 말하고 싶은데 그럴 수가 없다. 눈을 마주치는 것조차 불가능했는데 손을 잡는다는 것은 언감생심이다. 동아는 이 희동을 계속 독차지해 왔다. 설아는 동아에게 희미한, 그러나 확실한 질투심을 느끼며 스스로를 부끄러워했다.

 희동이 돌아눕다가 눈을 떴다. 침대 옆에 서 있는 설아를 알아보았다. 신기한 물건을 보는 것처럼 설아를 바라보았다. 설아의 가슴이 방망이질 치고 있었다. 설아는 당황해하면서도 희동의 시선을 받아들였다. 이미 암세포가 머리까지 전이되어 목소리조차 낼 수 없게 된 희동은 설아를 지그시 바라보다가 눈을 크게 깜빡이며 천천히 고개를 끄덕였다. 설아도 힘을 주어 고개를 끄덕여 주었다.

 "자, 일본 최후의 만찬이 준비됐어. 이리로 와!"
 부엌에서 동아의 밝은 목소리가 들렸다.
 식탁 위에 가스곤로가 놓여 있고 그 위의 나지막한 냄비에서는 구색을 갖춰 담겨진 쇠고기전골이 바로 먹을 수 있는 상태로 끓고 있었다.
 "이걸 둘이서만 먹다니 너무 아깝다. 그치?"

"이제 언제 만날 수 있을지 모르잖아. 이 소고기 큰맘 먹고 산 거야. 호호!"

두 사람은 풀어 놓은 날계란에 다 익은 소고기를 살짝 담갔다가 입으로 가져갔다.

"역시 좋은 소고기는 달라. 입 안에서 녹는다니까. 비싼 만큼 그 값을 하는 거지. 고마워, 동아야. 마지막으로 맛있는 걸 먹게 해 줘서."

"내가 이런 상황만 아니었더라면 나도 며칠 정도는 동행할 수 있을 텐데. 뭐든 설아 네게만 맡기는 것 같아서 미안해."

"내가 하고 싶어서 하는 거야. 동아는 희동 씨를 정성스레 보살펴 주면 돼."

"……암은 몸 어디에 생겨도 큰일이지만 왜 하필 식도에 생겼을까? 먹을 수가 없다니 얼마나 힘들까? 살아갈 힘을 뺏기는 거잖아. 적어도 좋아하는 것 정도는 먹여 주고 싶은데 그것조차 할 수 없으니……."

가슴이 먹먹해서 자기도 모르게 젓가락을 내려놓은 설아에게 동아가 말했다.

"간호하는 사람이 기력이 달리면 같이 쓰러지게 돼. 난 문을 닫고 환풍기를 돌려놓고서 먹고 싶은 것은 다 챙겨 먹고 있어. 그런 다음에 입을 헹구고 간호를 계속해. 게다가 희동 씨는 애정에 민감하잖아. 언제나 웃는 얼굴로 대하지 않으면 아이처럼 토라진다니까. 아, 이 졸아든 국물, 밥에 끼얹어 먹으면 정

6장. 바람, 빛나다

말 맛있어!"

동아는 일어서서 두 사람의 밥공기에 갓 지은 뜨거운 밥을 펐다.

간밤에 내리던 비가 한밤중에 눈으로 바뀐 것 같았다. 마당 한쪽에 심어 둔 조선상추가 눈에 묻혀 얼어 있었다. 설아는 바깥쪽 잎을 거의 다 먹어버려 작아진 상추 포기를 뿌리째 뽑아 눈을 털어냈다. 고기를 싸서 먹기에는 너무 작지만, 샐러드용으로는 쓸 수 있다. 초가을에 오일장에서 모종을 사서 심었던 상추는 물만 주면 잘 자랐다. 다음 모종을 심으려면 내년 봄이 돼야겠지. 설아는 올해의 마지막 상추를 소쿠리에 담았다. 점심 전에 해님이 얼굴을 내밀자 순식간에 눈이 녹기 시작해서 눈 녹은 물이 지붕의 빗물받이를 타고 흐르는 소리가 들렸다. 길가 쪽으로는 눈이 아직 남아 있었지만, 겨울이라고 생각할 수 없을 만큼 햇살이 따뜻했다. 최근 며칠간 잔뜩 찌푸렸던 하늘이 단숨에 개어버려 흡사 봄을 맞이한 듯한 느낌이 들었다. 설아는 두터운 윗옷을 걸치고 설레는 마음으로 오랜만의 산책길에 나섰다.

설아는 늘 다니던 산책로가 아니라 산 쪽으로 향하는 서쪽 길을 택했다. 간만에 갠 날씨에 왜 이리도 가슴이 뛰는 것인지 참으로 신기했다. 감귤밭을 지나고 닭을 놓아먹이는 농가를 지나서 물이 없는 건천을 건너자 더 이상 보이는 집은 없다.

완만한 산길을 천천히 올라가자 가족묘지가 몇몇 나타났다. 그것도 문이 있고 돌담으로 둘러싸여 동자석(분묘 앞쪽으로 배치된 한 쌍이 서로 마주 보며 서 있는 석상)까지 배치된 기품이 느껴지는 가족묘지다. 가족묘지라기보다는 문중의 묘지일 것이다. 풍수적 관점에서 보면 여기는 묘터로 적합한 곳일까? 처음 이 길을 걸었을 때 설아는 드넓은 묘지에 들어가 묘비명을 하나하나 확인해보았다. 그러다가 부모님이 이렇게 번듯한 묘지에 모셔져 있다면 지난 60년간 어떻게 해서든 연락이 있었을 것이라는 생각이 들어 이후로는 그만두었다.

얼굴에 은근한 땀이 배어나고 있다. 설아는 윗옷 단추를 풀고 바람을 받아들이며 심호흡을 한 다음 뒤를 돌아다보았다. 아득한 저 멀리 바다가 보인다. 고층 주택이 보인다. 아직 수확이 덜 끝난 감귤밭의 감귤이 겨울 햇살을 받아 빛나고 있다.

트럭 소리가 점점 가까이 들려 왔다. 설아는 좁은 비포장도로 한쪽으로 물러서서 트럭이 지나가기를 기다렸다. 트럭은 앞에 있는 설아를 발견하고 속도를 줄이며 올라왔지만, 움푹 파인 곳에 고인 흙탕물을 튀겼다. 운전석에서 사내가 얼굴을 내밀고 미안하다는 말도 없이 설아를 힐끗 보더니 그대로 가버렸다. 사내의 눈썹에 큰 사마귀가 있었다. '윤호?!' 적재함에는 수확한 감귤을 담는 커다란 노란색 플라스틱 바구니가 몇 겹으로 쌓여 있었다. 설아는 멀어져 가는 트럭을 바라보며 언젠가 분명히 윤호를 만날 수 있을 것이라고 확신했다.

6장. 바람, 빛나다

　산길을 가면 갈수록 길은 좁아지고 번듯한 묘지의 수가 많아졌다. 전방에 길을 막아서기라도 하는 듯 오름이 그 모습을 나타냈다. 설아는 크게 심호흡을 했다. 이 넓은 공간을 혼자 독차지하고 있다는 기쁨과 이 넓은 공간에 오직 혼자뿐이라는 두려움이 교차했다.

　오름 상공의 하늘이 흐려지기 시작하고 있었다. 갑자기 아무런 기척도 없이 설아 옆을 한 남자가 지나갔다. 덧대어 기운 갈옷 차림에 보퉁이를 등에 지고 맨발에 검정고무신을 신은 남자였다. 발소리도 내지 않는 종종걸음으로 산을 향하고 있었다. 오름으로 다가간 남자의 모습이 풍경 속으로 녹아들 듯 사라져버렸다. 남자를 좇고 있던 설아의 눈에서 눈물이 넘쳐흘렀다. "아부지!⋯⋯"

　그날 아랫마을이 군경 토벌대에 의해 불타는 것을 보고 설아네 가족은 마루 밑에 파 두었던 구덩이로 피신했다. 밤이 되기를 기다려 조심조심 불안한 고개를 내밀자 집은 이미 반쯤 타버려 내려앉아 있었다. 불탄 자리를 재빠르게 정리한 아버지와 어머니는 설아와 동아가 잠잘 곳을 만들었다. 괜찮을 거라고 아버지가 몇 번이나 말했다. 새벽녘에 무엇인가 깨지는 소리가 났다. 몇 번이나 들렸다. 어머니가 눈을 치켜뜨고 깨진 독 조각을 땅바닥에 팽개치고 있었다. 아버지는 없었다. 그날 이후 아버지의 모습을 보지 못했다.

설아는 오름을 오르던 발길을 돌려 산길을 내려오기 시작했다. 제주도의 날씨는 현기증이 날 만큼 자주 바뀐다. 해가 저물기 시작하자 바람이 매서워졌다. 맞바람에 드러난 얼굴이 차갑다. 멀리 보이는 바다 색깔이 회색으로 변해 있었다. 별안간 돌담 건너편에서 개가 짖어댔다. 이리 뛰고 저리 뛰며 줄이 팽팽해지도록 당겼다가 두 발로 서서 이쪽을 살피더니 개집에 묶어 놓은 줄을 흔들어 끊어버리고 당장이라도 설아에게 달려들 듯 맹렬한 기세였다.

"이놈! 가만히 있어!"

사내의 낮은 목소리가 들려 왔다. 얼어붙기라도 한 듯 꼼짝 못 하고 서 있는 설아와 사내의 눈이 마주쳤다. 사내의 오른쪽 눈썹에 큰 사마귀가 있었다,

"어이구, 죄송합니다! 많이 놀라셨죠? 가끔씩 차는 다녀도 이 근처를 걷는 사람은 없기 때문에 우리 개도 많이 놀란 모양입니다."

자기 얼굴을 뚫어져라 빤히 쳐다보는 설아를 보고 주춤하던 사내가 가볍게 고개를 까딱하고는 집 안으로 들어가려고 했다.

"혹시… 혹시 말인데요. 윤호, 박윤호 씨 아닙니까?"

사내가 힐끔 뒤를 돌아다보았다.

"꽤 오랜 옛날 일이라 기억하고 계시는지 모르겠습니다만……, 60년쯤 전에 이웃 마을에 살았던 쌍둥이 설아입니다."

사내의 시선이 설아의 입 언저리에 쏠리고 있었다. 엉겁결에

6장. 바람, 빛나다

설아는 고개를 숙였다.

"보조개가 있는 동아는 일본 오사카에서 살고 있어요. 저 혼자만 고향 제주도로 돌아왔어요……."

윤호의 권유에 따라 설아는 집 안으로 들어갔다.

안마당에서 감귤 선별 작업을 하고 있던 여자가 설아를 보자 몸이 굳어지는 듯했다. 윤호가 다가가서 여자의 등을 쓰다듬으며 "괜찮아, 괜찮다니까." 하고 진정을 시켰다.

"내 아내 명화(明花)야. 그때의 후유증이 60년이 지나도 남아 있어. 모르는 사람이 찾아오거나 큰 소리가 나면 숨 쉬는 것도 잊어버리고 몸이 굳어져 버려……."

방한모를 눌러 쓴 여자가 얼굴을 들고 설아에게 가볍게 목례를 했다. 둥근 얼굴에 동그란 눈을 가진, 환갑을 넘기기는 했지만, 어딘가 소녀의 모습이 남아 있는 여자였다. 윤호가 석 잔의 머그컵에 설탕과 프림이 듬뿍 들어있는 인스턴트커피를 넣은 다음, 마당 한편의 석유난로에 올려놓았던 주전자를 들어 뜨거운 물을 부었다. 세 사람은 수확한 감귤을 담는 바구니를 엎어 놓고 난로 주위에 둘러앉았다.

"맨 처음 만났을 때 아내는 여섯 살 먹은 작은 여자애였어……."

"이 이는 열한 살 먹은 남자애였고요……."

"당신은 내가 이렇게 작으니까 같은 또래라고 생각했겠지?"

"왜 또 그런 소릴 해요? 그 말만 하지 않으면 그날부터 여태까지 당신은 항상 듬직하기만 한 사람이었을 텐데 말예요."

"미안해! 하지만 말이야, 내가 이렇게 몸집이 작았기에 그나마 살아남은 거야. 우리 마을도 이웃 마을도 멀쩡한 사내들은 모두 살해당했어. 젊다는 이유만으로, 남자라는 이유만으로 말이야. 이렇게 오래도록 살아남은 것도 다 이 작은 몸뚱이 덕분인지도 모르지. 어릴 때는 자주 놀림을 받아서 분한 마음에 이렇게 작게 낳아준 부모님을 원망도 했지만…. 날 놀렸던 녀석들은 어떻게 됐지? 스무 살도 되기 전에 모두 죽임을 당했어!……

그날은 무척이나 추웠어. 입을 꽉 다물고 있어도 이빨이 '다다닥' 부딪치는 소리가 났지. 동틀 녘에 운동장으로 집합을 당한 마을 사람들이 가려지고, 그때 우리 아부지도 트럭에 실려 갔는데 그걸로 끝이었어. 남겨진 마을 사람들은 분노와 슬픔으로 발을 동동 굴렀지만, 아무것도 할 수가 없었지. 집으로 돌아가려고 마을 근처에 들어서자 마을 전체가 화염에 휩싸여 있었어. 내 손을 잡고 있던 할무니가 손을 팽개치듯 놓자마자 집 안으로 뛰어드셨어. 난 미친 듯이 울부짖고 말이야. 이윽고 얼굴 전체가 숯검정이가 된 할무니가 작은 항아리를 안고 나오셨어. 땅바닥에 주저앉아 울고 있는 내 손을 잡고 할무니가 말씀하셨어. '괜찮다. 이것만 있으면 괜찮아!' 그렇게 말씀하셨지."

"그 항아리 안에 뭐가 들어있었는데?"

"볶은 콩!"

"에에?"

"볶은 콩이었어. 동이 틀 무렵에 학교 운동장으로 끌려가서 잡혀가는 아부지를 보고 숨이 넘어갈 듯이 울고 있는 나를 본 할무니는 그대로 놔두면 미쳐버릴지도 모른다고 생각하셨던 것 같아. 뭔가 먹여서 울음을 멈추게 해서 진정시키려고 하셨던 거지. 볶은 콩은 바로 먹을 수 있으니까 말이야."

"하지만 그러다가 불에 타 돌아가실지도 모르는데?"

"할무니는 그런 분이셨어. 어머니를 대신해서 날 길러 주신 할무니는……."

"그 할무니께서 밭두렁에 앉아 있는 저를 구해서 거두어 주셨죠."

"활활 타오르는 집 앞에서 어찌할 바를 몰라 울부짖고 있을 때, 멀리서 경찰 지프차가 몇 대씩이나 이쪽을 향해 오는 것이 보였어. 경찰은 자기들을 지켜 주기는커녕 죽이러 오는 존재임을 알게 된 마을 사람들은 우선 몸을 숨길 장소를 찾아 달아나기 시작했지. 할무니는 오른손에 항아리를 안고 왼손으로 내 손을 잡고 가까운 숲을 향해 뛰셨어. 모두 다 필사적이었지. 그때, 밭두렁에 쪼그리고 앉아서 꼼짝도 못 하고 있는 명화를 봤던 거야. 처음엔 할무니도 나도 그냥 지나쳤지. 다른 마을 사람들도 모두 그냥 지나쳐버렸고. 그런데 뒤를 돌아다봤더니 명화가 계속 그 자리에 주저앉아 있는 거야. 할무니는 내게 항아리를 맡기고 왔던 길을 되돌아가서 명화를 안고 돌아오셨어. 세 사람은 수풀 속에서 숨을 죽인 채 밤까지 견뎠지. '탕! 탕! 탕!' 미처 도망가지 못한 마을 사람들을 향해 총을 쏘는 소리가 계속해서 들려 왔어……."

"그날……." 말을 꺼내려던 명화가 목이 메어 잇지를 못했다. 윤호가 명화의 등을 다정하게 쓰다듬었다.

"그날 통시에 있었는데 마당 앞쪽에서 '탕! 타탕!' 하고 총소리가 나길래 깜짝 놀라 창문으로 내다봤더니 아부지와 어무니가 쓰러져 있는 것이 보여서……. 무서워서 통시 구석에서 떨고 있었는데 총을 든 군인이 문을 열고 날 찾아냈어요. 난 그저 떨고만 있었죠. 그 군인이 이렇게 말했어요. '소리 내지 마! 꼼짝 말고 있어!' 그러고는 밖으로 나갔어요. 그러다가 아무 소리도 나지 않길래 그제서야 간신히 밖으로 나간 저는 마당에 죽어 있는 아부지와 어무니, 그리고 남동생을 봤어요. 동생은 어무니 품에 안긴 채 죽었어요. 이제 겨우 붙잡고 일어설 수 있게 됐었는데……."

"명화는 며칠이나 말을 할 수 없었어. 할무니와 난 태어날 때부터 벙어리가 아닐까 생각할 정도였어. 내가 태어날 때부터 키가 작았던 것처럼……. 군인한테 들었던 말이 어린 명화의 가슴속 깊이 들러붙어 있었던 거지. '소리 내지 마!'라는 그 한 마디가……."

"여섯 살의 제게는 무슨 일이 일어났는지 이해할 수가 없었죠. 그저 무서웠고 오로지 그 자리를 벗어나고 싶어서…. 밖으로 나가서 달리기 시작했지만, 밭두렁에서 다리에 힘이 풀려서…. 아마 제 넋이 나가버렸던 게지요. 그때 할머님이 저를 거두어 주시지 않았더라면 저는 지금처럼 살아 있지 못했겠죠. 한참 나중에 살아남은 사람들에게 얘기를 들었어요. 우리 마을 청년들이 혈기가 왕성했고 우리 오라방('오빠'의 제주말)도 그중 하나였던 것 같아요. 마을을 덮치는 서북청년회나 토벌대를 저지하려고 전봇대를 쓰러뜨려 전깃줄을 끊거나 산으로 들어간 사람들에게 동조하는 청년도 있었다고 해요. 하지만 그것이 그렇게 가족 모두를 죽일 만한 큰 죄가 되는 건가요?!……"

"지서 놈들은 머릿수 채우기에 혈안이 돼 있었지. 마을마다 할당량이 정해져 있었어. 시체의 숫자 말이야. 놈들은 움직이는 것만 보면 가리지 않고 총을 쏴댔고 그래도 머릿수가 부족하자 사람들을 끌고 가서 집단으로 학살을 저질렀던 거야. 그 와중에 우리 아부지도 살해를 당하신 거고……."

"4·3평화공원에 모셔진 희생자들 중에 제 부모님 이름도 새겨져 있어요. '오상훈'이 제 아부지 이름이에요. 그 다음이 '오상훈의 아들(1)'이라고 새겨져 있고요. 동생에게는 이름이 있었어요. '세대'라는 이름이……. 하지만 그 당시는 이웃마을에 가려고 해도 통행증이 필요한 시절이라 호적에는 아직 올리지도 못하고 있었겠죠. 아부지도 어무니도 돌아가시고 동생의 이름을 불러 줄 사람은 저밖에 없어요. 세대야! 세대……."

"세대야! 세대야! 내 처남 세대……."

윤호의 낮은 목소리가 이어졌다.

설아가 일어나서 앞바다를 바라보자 회색빛 하늘과 바다가 합쳐지는 그 언저리에 집어등이 하나둘씩 점등되고 있었다.

"비나 눈이 오지 않는 한 당분간은 여기서 작업하니까 산책도 할 겸 또 놀러 와!"

"또 놀러 오세요, 설아 씨!"

"다음에 올 땐 나도 뭔가 좀 돕게 해줘."

트럭으로 데려다주겠다는 호의를 거절하고 설아는 올라왔던 길을 되밟아 내려갔다. 앞바다의 고기잡이배 불들이 조금씩 많아지고 있었다.

집으로 돌아온 설아는 가야가 배편으로 보내온 탁상용 재봉틀을 점검했다. 변압기도 있다. '내일은 동문시장에 나가서 안에 솜이 들어있는 옷감을 사자. 윤호와 명화의 목을 따뜻하게 해 줄 목도리를 만드는 거야!' 노트를 꺼내서 디자인을 그렸다. 전체를 긴 장방형으로 박음질하고 목 언저리에서 교차하는 디자인이다. '끝단이 교차할 트임새를 만들고 디자인 포인트로 두 사람 이름의 머리글자를 이니셜로 수놓아야지!' 오랜만에 마음이 설레는 밤이었다.

이틀 후 설아는 완성된 목도리를 가지고 산으로 향했다. 돌담을 뛰어넘을 기세로 개가 짖어댔다. 윤호가 개를 몹시 꾸짖었다. 마당의 난로 위에 얹은 큰 냄비에서 식욕을 돋우는 냄새가 퍼져 감돌고 있었다. 안마당으로 이어지는 창고에 테이블과 의자가 준비되어 있었다.

"설아 씨 입에 맞을지 모르겠네. 우린 겨울에 두세 번은 이 내장탕을 해 먹어요. 근방에 목장이 있어서 신선한 소 내장을 구할 수 있죠. 마늘하고 고춧가루를 듬뿍 넣어서 끓인 거니까 감기도 안 걸리고 좋을 거예요."

"오사카의 '동포 동네'라고 불리는 이카이노에서는 내장구이가 별미였어. 일본인들이 버린 내장을 헐값에 사서 잡내를 없애기 위해 마늘과 생강을 듬뿍 넣고 매콤달콤한 양념장에 버무려 뒀다가 석쇠에 올려서 구워 먹는 거야. 자욱하게 연기가 피어오르지. 그 연기에 눈이 따가워도 빨리 먹고 싶어서 석쇠에 얼굴을 들이밀다가 앞머리를 태워버릴 뻔했던 적도 있었어."

"듣기만 해도 군침이 도는걸? 있잖아, 그럼 내가 어디서 드럼통을 구해 올게. 다음에는 거기다가 큰 석쇠를 걸어 놓고 내장구이를 해 먹자!"

"그럼 난 채소를 준비할게요. 김치랑 나물이랑 상추도."

명화가 큰 그릇에 내장탕을 떠냈다. 윤호는 양은 잔에 막걸리를 따랐다. 풋고추를 된장에 찍어서 베어 물고 소리 내서 무김치를 씹으며, 숟가락으로 뜨거운 국물을 떠서 목구멍으로 넘기는 윤호의 모습을 보고 있으니 기분이 좋았.

"이 주변 일대는 잃어버린 마을이야. 밭일을 하는 한편으로 소나 말을 기르고 있었지. 넓은 초원이 펼쳐져 있으니까 소나 말을 방목하기에 적당한 곳이었어. 그러던 것이……. 어느 날, 아니 그날이지. 4·3을 겪은 사람들에게는 모두가 그날이 있는 거야. 집안사람 중 누군가가 죽임을 당한 그날이 있는 거지. 1948년 음력 10월 28일이었어. 느닷없이 소개령이 떨어져서 마을 사람들은 아무것도 챙기지 못한 채 아랫마을로 내려간 후 마을은 불타서 잿더미가 됐지. 그때 오십여 명이 살해당했어. 소나 말들도 고삐에 묶인 채로 불에 타 죽었고……."

"하필 내장탕 먹고 있는데 굳이 그런 얘길……."

"아냐. 어느 정도 다 먹어가는 걸 보고 나름 적당한 타이밍에 얘기를 꺼낸 거라구. 오늘 우리 뱃속으로 들어간 내장탕은 충분히 살고 성불한 소 내장이지. 그런데 말이야! 묶인 채로 불에 타 죽은 소나 말들의 원통함을 생각하면…."

"그 무렵 우리는 설아 씨가 지금 살고 있는 마을의 동쪽에서 살고 있었어요. 바람을 타고 소나 말들의 비명소리가 들려와서 너무나 무서웠죠. 밖으로 나가서 산 쪽을 바라보니 불기둥이 여러 개 솟아오르고 불씨가 바람에 날려 와서 여기까지 불이 번질까 봐 두려웠어요. 많은 마을 사람들이 살해를 당했지만, 비명소리는 들리지 않았어요. 너무나도 참혹해서 바람이 불어 날려준 건지도 모르죠…."

"우는 것에조차 죄를 묻던 시절이 가고 이젠 대성통곡을 해도 괜찮은 시절이 됐네! '4·3은 국가권력에 의해 저질러진 양민 학살'이라는 노무현 대통령의 사죄를 듣고 우리는 긴 세월

가슴속 깊은 곳에 꾹꾹 눌러 뒀던 울음을 꺼내서 소리 없이 울었어!"

"울었죠! 우리 모두 텔레비전 앞에서 부둥켜안고 하염없이 울었죠!"

"설아 씨! 부모님의 행방을 우리도 함께 찾아볼게. 살아 계신다면 마음껏 기쁨의 눈물을 흘리면 되는 거고, 만약 그렇지 않다면…… 실컷 슬퍼하면 되잖아."

세 사람은 양은 잔에 막걸리를 따라서 다시 건배를 했다. 설아가 배낭에서 손수 만든 목도리를 꺼냈다.

"어머! 이거 정말 설아 씨가 만든 거예요? 멋지네! 이건 아마추어 솜씨가 아닌데요?!"

윤호는 곧바로 자신의 목에다 감아본다.

"마음에 들었으면 좋겠네. 난 열 살 때부터 쭉 재봉틀을 밟아 왔어. 처음엔 슬리퍼나 신발 안창 같은 것을 재봉질했고, 나중에는 애들 옷이나 치마저고리까지 재봉틀 하나로 평생을 살아오다시피 했어."

설아의 뇌리에 공장 식당 아주머니의 굵은 팔뚝의 감촉이 되살아났다. 그 굵은 팔뚝에 안겨 실컷 울고 난 며칠 후부터 가야와 둘이서 아주머니 집에 몸을 의탁하고 살았던 십수 년을 고마운 마음으로 떠올렸다. 하루라도 빨리 일자리를 찾아야 한다고 조바심을 내던 설아에게 아주머니는 말했다.

"설아야, 너는 굳이 밖에서 일자리를 찾지 않아도 재봉틀 기술이 있잖아. 니가 가야한테 만들어 준 포대기나 이불을 보면 손끝도 야물고 기성품에는 없는 독특한 멋이 있어. 그걸 직업으로 삼는 거야! 우선 포대기를 색깔별로 몇 장 만들어봐. 내가 이카이노의 여자 터줏대감이거든? 누가 임신을 했고, 누가 산달에 가까운지 다 머릿속에 꿰고 있다는 얘기지. 내가 다 팔아다 줄 테니까 만들기만 하라니깐!"

아주머니의 격려에 힘입어 설아는 쉴 새 없이 재봉틀을 밟았다. 무엇보다 아직 젖을 떼지 못한 가야에게 마음껏 젖을 물릴 수 있다는 것이 고마웠다. 발이 넓은 아주머니가 힘을 써주는 데다 설아의 야무진 솜씨가 입소문이 나기 시작하면서 애써 팔러 다니지 않아도 조금씩 주문이 들어오게 되었다. 가야가 깨어 있을 때는 함께 놀아 주면서 주문받은 물건의 디자인이나 그것에 어울리는 소재를 구상해 뒀다가 가야가 잠들면 재봉틀 작업에 돌입했다.

식당 일을 마친 아주머니가 집으로 돌아오면 식탁 위에는 설아가 만든 음식들이 차려져 있었다.

"고맙구나. 피곤해져서 집에 오는데 아무것도 안 해도 밥상이 뚝딱 차려져 나오니까 말이야. 게다가 음식 맛도 내가 한 것과 어쩜 이리도 똑같을까? 정말 신기해!"

"아주머니가 해준 밥을 먹고 컸으니까 내 혀가 아주머니 손맛을 기억하고 있는 거죠!"

가야는 아주머니가 돌아오면 부리나케 기어가서는 아주머니의 무릎 위로 올라간다. 아주머니의 다리품에 떡하니 자리를 잡고 아주머니가 떠먹여 주는 이유식을 받아먹었다. 설아는 이런 흐뭇한 광경을 바라보고 있다는 사실이 마냥 신기하게만 여겨졌다. 그 사건이 일어나고부터는 자신의 자그마한 꿈도 미래도 뿌리째 뽑혀 나갔다고 설아는 생각했었다. 이제 자신에게 남겨진 것은 뱃속에 착 달라붙어 있는 태아뿐이었다. 한때는 꼴도 보기 싫다고 생각했던 뱃속의 아이가 무사히 잘 자라서 소소한 일상의 기쁨을 안겨 주고 있는 것이다.

아주머니가 설아에게 한 가지 제안을 했다.

"치마저고리 만드는 걸 배워보는 게 어떨까? 잘망잘망한 물건들을 많이 만드는 것보다 훨씬 빨리 마무리할 수 있고 실속도 있거든!"

그렇게 아주머니는 옷 만드는 기술자에게 언질을 해 두었다. 아주머니가 일을 마치고 집에 돌아오면 설아는 가야를 아주머니한테 맡기고 집을 나섰다. 이제 막 스물을 넘긴 설아였다. 혼자서 다니는 것도 기뻤고 무언가 새로운 일을 배운다는 사실도 기뻤다. 설아는 매일 밤 설레는 발걸음으로 집을 나가서 가벼운 발걸음으로 돌아왔다. 치수 재기, 옷감을 고르는 방법, 재단, 봉제, 그런 것들을 터득하는 데에는 채 한 달도 걸리지 않았다. 얼마 지나지 않아서 기술자에게 일감을 넘겨받게 되었고, 집으로 옷감을 들고 와서 재봉틀을 밟았다. 대부분이 결혼식에 입을 치마저고리여서 방 안이 꽃이 핀 것처럼 화사해졌다.

"설아야, 넌 아직 젊으니까 한 번 더 새색시 치마저고리를 입는 게 어때?"

"아주머니가 한 번 더 새색시 치마저고리를 입는다면 저도 생각해보죠, 뭐……." 설아는 그저 모른 척 가볍게 받아넘기고 말았다.

아주머니는 남편이 살아 있음에도 불구하고 이미 오래전부터 과부로 살아왔다. 일제식민지 시대에 일자리를 찾아서 오사카로 떠난 남편은 처음 몇 년간은 편지와 함께 생활비를 보내 주었지만, 그 후로는 연락이 끊겼다. 아주머니는 제주도의 척박한 땅에서 밭을 일구며 늙은 시어머니와 아들을 위해 억척스럽게 일을 해냈다. 시어머니가 노환으로 세상을 뜨자 아주머니는 마음을 굳게 먹고 어린 아들의 손을 잡고 기미가요호에 올라 오사카로 향했다. 가족은 함께 있어야 한다는, 고생을 하더라도 같이 해야 한다는 일념뿐이었다.

가까스로 찾아간 집에서 여름 원피스를 입은 여자가 양동이를 들고 나왔다. 집 앞 길바닥에 물을 뿌리려고 긴 막대가 달린 국자를 들어 올렸다. 멀리서 보더라도 홀몸이 아니라는 것을 알 수 있었다. 일본 여자였다. 바로 그때, 남편이 목말을 태운 남자아이와 함께 밖으로 나왔다. 그림 같은 화목한 광경이었다. 이쪽은 아들 하나, 저쪽은 이제 곧 둘이 된다. 얼마 동안 그 광경을 바라보고 있던 아주머니는 말없이 발걸음을 돌렸다. 그날 이후 아주머니는 남편은 죽은 사람이라고 마음을 정하고 아들과 둘이서 살아왔던 것이다.

늦게 결혼한 아들에게 아이가 생겼다. 늦게 결혼한 것을 만회라도 하려는 듯 이듬해에도 아이가 태어났다. 아들도 맞벌이하는 며느리도 자기네 집으로 와 달라며, 함께 살면서 집안일과 육아를 도와 달라고 몇 번이나 부탁했었다. 환갑을 앞둔 아주머니는 양 팔꿈치의 관절통으로 고생하고 있었다. 식칼을 쥐는 것조차 아플 때가 있다고 푸념했었다. "이십여 년을 계속해 온 공장 식당 일을 그만둘 때가 된 건가?", "아들 부부에게 조금이라도 도움이 될 수 있을 때 가야겠지?"라며 설아와 한참 이야기를 나누다가도, 너희들과 헤어지면 너무 허전할 거라며, 가야랑 함께 더 있고 싶다고 눈물을 글썽였다.

설아는 마음을 다해 아주머니의 수의를 지어 드렸다. 환갑 전에 수의를 선물하는 것은 자식으로서의 도리라고 여겨지고 있었다. 다 지어진 수의를 손에 받아든 아주머니는 울먹이며 오래오래 살겠다고 말했다. 그리고는 너희들이 이 집에서 계속 살 수 있도록 집주인에게 이야기를 해두겠다고, 집세도 올리면 안 된다고 못을 박아 두겠다고 말하며 환하게 웃었다. 동네의 구획정리가 확정되어 연립주택이 철거될 때까지 설아는 재봉틀을 밟으면서 가야와 함께 아주머니 집에서 화목하게 살았던 것이다.

"오일장에 친척 삼춘(아주머니)이 작은 약초 가게를 냈어요. 시간을 내서 함께 가 봐요. 이 정도 기술이라면 예쁜 수제 소품 같은 것들을 만들어서 진열해 놓으면 충분히 팔릴 거예요!"

"그래요? 그럼, 제주도 패션도 공부를 해야겠네?!"

"오일장은 평일에는 만 명, 휴일에는 이만 명이 찾아와. 낯을 익혀 두면 많은 정보가 들어올 거야. 부모님과 관련된 소식도 거기서 뭔가 들을 수 있을지 모르지."

세 사람은 다시 양은 잔을 부딪치며 건배했다.

"근데 있잖아, 저 검정고무신은 혹시……."

창고 벽에 기대어 세워 놓은 낡아빠진 고무신을 보고 설아가 물었다.

"아아! 저거? 우리 할무니가 신던 고무신이야."

"아, 나도 기억이 나! 할무니께서 항아리를 등에 지시고 윤호 씨는 장작을 등에 지고 나란히 걷고 있을 때 신으셨던 게 기억나!"

"입에 풀칠도 겨우 했던 판이라 사진 같은 거는 찍을 엄두도 못 냈지. 저 고무신이 영정사진을 대신하는 거야."

명화가 고무신을 집어 올리더니 가슴에 품었다.

"그날 저를 그냥 두고 가셨더라면 전 분명 살아남지 못했겠죠. 공포에 질려 꼼짝도 못 하고 있던 저를 품어 안아 주셨던 할무니! 손자 윤호 씨와 함께 저를 길러 주셨어요……. 그리고 이렇게 윤호 씨와 결혼할 수 있었던 것도 다 할무니 덕분이죠."

"할무니랑 셋이서 들쥐처럼 살고 있었어. 토벌대 놈들에게 쫓겨 산속을 전전하면서 숨을 죽이고 살고 있었지. 그러다가 몇 년 후에야 겨우 우리 마을로 돌아올 수가 있었어. 하나씩 둘씩 마을 사람들도 돌아왔고. 그런데 마을을 재건하려고 해도 모든 게 다 부족했어. 아니, 부족한 게 아니라 아예 없었지. 모든 것이 다 불타버린 마을에서 그래도 자기 마을로 돌아올 수 있었다는 기쁨과 함께 이제 더 이상은 살해당할 일은 없을 거라는 더 큰 기쁨! 그것만을 양식으로 삼아 모두가 힘을 모아 조금씩 마을을 재건해 왔던 거야."

"그 당시에는 불타버린 집터에 움막 같은 것을 짓고 살았어요. 할무니를 중간에 두고 오른쪽에는 나, 왼쪽에는 윤호 씨."

"마을로 돌아오고 나서 할무니가 우리 두 사람에게 이렇게 말씀하셨어. '너희들은 개돼지가 아니다. 앞으로도 함께 살아갈 마음이 있느냐?'라고 말이야. 나도 명화도 고개를 끄덕였지. '그럼 명화가 열여섯이 될 때까지 기다려라. 그때까지는 오누이처럼 지내야 해!'라고 하셨지."

"할무니의 말씀을 듣고 내게 책임감이 싹트기 시작했어. 내 색시가 되어 줄 명화에게 들쥐 같은 삶을 살게 해서는 안 된다! 그래서 언제나 명화의 웃는 얼굴을 보고 싶다는 일념으로 열심히 일을 해 왔던 거야."

"내가 열여섯 살이 되었을 무렵에는 단칸방이었던 움막이 방 두 칸짜리 집이 됐어요. 부엌이 한가운데 있고 그 오른쪽과 왼쪽에 방이 있었죠. 작은 마당에 채소도 심었고요."

"그날, 명화 생일에 할무니가 이렇게 말씀하셨어. '돈이 없어서 결혼식을 올릴 수는 없지만, 오늘은 두 사람이 결혼식을 하는 날이다. 오늘부터 너희 둘은 부부가 된 거다!'라고 말이야."

명화가 얼굴을 붉히며 고개를 숙였다.

세 사람은 양은 잔에 막걸리를 따르고 다시 건배를 했다. 취기가 오른 윤호는 감귤창고 구석에서 담요를 덮어썼다. 금세 코를 고는 소리가 들려 왔다. 명화가 수확한 감귤을 설아 손에 들려주었다.

"정성을 다해서 키운 감귤이에요. 첫해는 묘목 열 그루를 사서 밭 한편에 심었어요. '이제부터는 감귤 재배에 힘을 쏟아서 농가 소득을 늘릴 것'이라고 정부가 말해봤자 우리는 돈이 없어서 그것밖에 살 수가 없었죠. 무사히 뿌리를 내릴지도 불안했고요."

"감귤나무는 대학나무라고도 하지."

어느새 일어났는지 윤호가 담요를 몸에 두르고 양반다리로 앉아 있었다.

"감귤나무는 자식하고 같아. 너무 간섭해도 안 되고 그냥 방치해도 안 돼. 애정을 가지고 대하면 감귤나무는 거기에 보답을 해주는 거야. 처음 심은 묘목이 5월이 되어 하얀 꽃을 피웠을 때는 얼마나 기뻤던지…."

"다섯 장의 하얀 꽃잎이 달린 가련한 꽃이에요. 가까이 가면

6장. 바람, 빛나다

달콤한 향기가 나죠."

"이듬해부터는 해마다 묘목 수를 늘려나갔지. 그리고……, 우리에게 아들이 하나 태어났어. 난 날 닮으면 어쩌나 걱정했는데, 아무래도 유전이 되지는 않았던 것 같아서 안심을 했지."

그 말을 들은 명화가 윤호에게 살짝 눈을 흘겼다.

"다행히 날 닮았는지 명화를 닮았는지 공부를 꽤나 잘 했어. 말은 제주도로 보내고 사람은 서울로 보내라는 말이 있지만, 서울에 있는 대학에 합격해서 지금은 서울에서 살고 있어. 이도 저도 다 이 감귤 덕분이지. 감귤을 재배해서 번 돈으로 자식 놈을 대학까지 보낼 수 있었으니까…"

"아들은 서울에서 결혼해서 아이도 둘이나 낳았어요. 여름에는 일가족 넷이서 이곳으로 놀러 와요. 그러면 하루아침에 시끌벅적해지는 거죠."

웃는 얼굴로 배웅해주는 두 사람을 뒤로 하고 배낭에 든 감귤의 무게를 헤아리면서 설아는 산길을 내려왔다. 집 근처에 다다르자 해는 어둡도록 완전히 저물었고, 캄캄한 앞바다는 금가루를 흩뿌려놓은 듯 영롱한 고기잡이불로 반짝이고 있었다.

옮긴이의 말

서원오

2020년 4월 하순의 어느 날이었다. 익월로 예정된 공연 준비로 바쁜 하루를 보내던 내게 일본에서 뜻밖의 선물이 날아들었다. 재일동포 작가 김창생 님의 소설 '風の声'(新幹社) 한 권과 정갈한 손 편지…, '서원오 선생님께! 민수로부터 이야기 많이 들었습니다. 이달 4월 3일, 저의 소설이 출판되었습니다. 시간이 있을 때 읽어 주시면 감사하겠습니다…….'

작가의 딸 김민수 님은 오사카에서 활동 중인 재일동포 극단 '달오름'의 대표이자 배우이다. '달오름'은 창단 이래 일본 사회라는 역경에서 살아가는 재일동포의 삶을 연극으로 형상화하는 작업을 해 오고 있다. 2016년 동 극단에서 공연한 '그녀 눈길 너머'를 시작으로 몇몇의 대본 번역과 자막 작업을 함께 하는 과정에서 재일동포의 애환을 공감하며 우정을 쌓아오던 중, 2018년 5월에는 김 대표가 어머니의 책이 출간되었다며 '済州島で暮らせば'(新幹社)를 보내주었다.

출생지를 선택할 수 없었던 것이 평생의 한이었던 재일동포 2세 작가가 적어도 눈을 감는 장소만큼은 스스로 택하고 싶어서 예순이 가까운 나이에 결단을 내리고 이주하여 정착한 부

옮긴이의 말

모님의 고향 땅 제주도. 그 제주도에서의 7년간의 삶이 고스란히 녹아 있는 이 에세이집은 '제주도의 흙이 된다는 것'(2018. 도서출판 전망)이라는 이름으로 국내에서 번역 출간되었다.

 압제의 시대에 도일했던 이후로 그 대다수가 돌아올 수 없었던 재일동포 1세의 고향 땅 제주. 평생의 그리움을 가슴에 묻어둔 채 그 아픔이 2세에서 3세로 이어지는 실상을 목도했던 작가의 시선은 이윽고 제주도로 옮겨져 제주 4.3으로, 한국전쟁으로, 강정으로, 촛불혁명으로 이슈를 옮겨가며 일관된 메시지를 전하고 있다. 역사의 광풍에 휩쓸린 채 스러져 간 이름 없는 사람들의 이야기를 제주도의 일상을 통해서 담담하게 그려냈다. 이 책을 읽은 나는 여태 얼굴 한 번 본 적 없는 작가를 존경하고 흠모까지 하게 되었다. 꼭 만나 뵙고 싶었다. 찐팬이 되어 가고 있었던 것이다.

 그로부터 2년 후, 작가가 손수 보내 준 첫 장편소설 '風の声'('바람 목소리')가 내게 온 것이다. 두근거리는 마음으로 서둘러 책장을 열자 치마저고리를 입은 예쁜 설아와 동아가 내게로 걸어 나왔다. 그들은 내 손을 잡고 제주도로, 오사카의 조선시장으로, 조선인 거주지 이카이노로, 그리고 다시 제주도로 보란 듯이 나를 데리고 다녔다. 그렇게 두 달이 넘도록 나는 그들과 함께 울고 웃고 분노하며 어느덧 하나가 되어 갔다. 그리고 이 땅의 역사를 머리가 아니라 가슴으로, 후세 사람들이 가질 법한 객관적 시선이 아니라 역사의 당사자로서 바라보고

있었다. 어느새 나는 제주 4.3의 광풍에 휘말린 쌍둥이 자매 설아와 동아의 망향가를 오사카의 이카이노와 제주도의 오름에서 그들과 함께 부르고 있었다.

  그날 이후 작품의 감동과 흥미에 취해 있던 나는 누가 시키지도 않았음에도 이 책을 번역하기 시작했다. 부족한 일본어 실력이기에 그만큼 밤잠을 쪼개가며 번역에 매달려야 했다. 이 이야기를 사람들에게 알리고 싶었다. 적어도 내가 3년 전부터 몸담아 온 '조선학교와 함께하는 시민모임 봄'(이하 '봄')의 회원들과는 꼭 같이 읽고 싶었고 그 감동을 함께 나누고 싶었다.

  번역 과정에서의 가장 큰 관건은 재일동포 1세가 겪었던 고난의 역사를 보고 들으며 살아왔던 작가의 마음을 어떻게 하면 한국어로 그대로 담아낼 수 있을까 하는 것이었다. 오로지 겸손한 마음으로 많은 자료를 찾고 검토하며 작가의 마음과 동화되어 보려고 수정에 수정을 거듭하며 불면의 밤을 보낸 끝에 마침내 나는 '봄'의 운영위원회에 이 작품의 번역 초고본과 출판 계획서를 떨리는 마음으로 제출하기에 이르렀다.

  많은 분들의 도움으로 이 책이 빛을 보게 되었다. 먼저, 평생의 멘토이자 은사인 안영철 교수님께 감사를 드린다. 부족한 제자를 평생 AS해 주겠다던 말씀 그대로 힘들고 어려웠던 고비마다 격려로 이끌어 주셨고, 이번에도 기꺼이 번역 감수를 맡아 주셨다. 또한 기획부터 출판까지 출간의 전 과정을 물심

옮긴이의 말

양면으로 지원해 주신 '봄'의 미디어 사업단장 김도희 감독님과 교정을 도와주신 교류 사업단의 김희연 님, 출판과정 하나부터 열까지 정말 세심하게 도와주셨던 [도서출판 품]의 대표 정미영 님, 표지 제목을 힘찬 필치로 써 주신 [부산국제어린이청소년영화제(BIKY)] 집행위원장 김상화 님, 출판과정의 전 과정을 조언해 주신 [빨간집] 대표 배은희 님, 그리고 이 책의 출판을 흔쾌히 결정해 주신 '봄'의 운영위원들께도 깊은 감사를 드린다. 그리고 무엇보다도 심금을 울리는 원작을 창작해 주신 김창생 작가님과 [극단 달오름]의 김민수 대표님께도 진심으로 감사드린다.

끝으로 이 책이 독자들로 하여금 일본정부의 재일조선학교 차별에 맞서 투쟁하고 계신 재일동포 여러분들의 지난하고 치열한 삶에 대한 이해와 성원을 제고함에 일조하게 되기를 바란다.

2022년 늦은 1월, 봄을 기다리며

서원오

바람 목소리

1판 2쇄 : 2023년 4월 3일
지 은 이 : 김창생
옮 긴 이 : 서원오

펴 낸 곳 : 조선학교와 함께하는 시민모임 봄
주　　소 : 부산광역시 중구 대청로 137번길 8-1, 2층
전　　화 : 051-465-1112
출판등록 : 제2021-000007호

이 책의 한국어판 저작권은 Shinkansha, Publishers, Tokyo와의 독점계약으로
'조선학교와 함께하는 시민모임 봄'에 있습니다.
저작권법에 의해 한국 내에서 보호를 받는 저작물이므로 무단 전재와 복제를 금합니다.

ISBN 979-11-978075-0-3

joseonschool@naver.com

* 저자와의 협의에 의해 인지를 생략합니다.